AF572824

# BATMAN™

## DER GARGOYLE VON GOTHAM

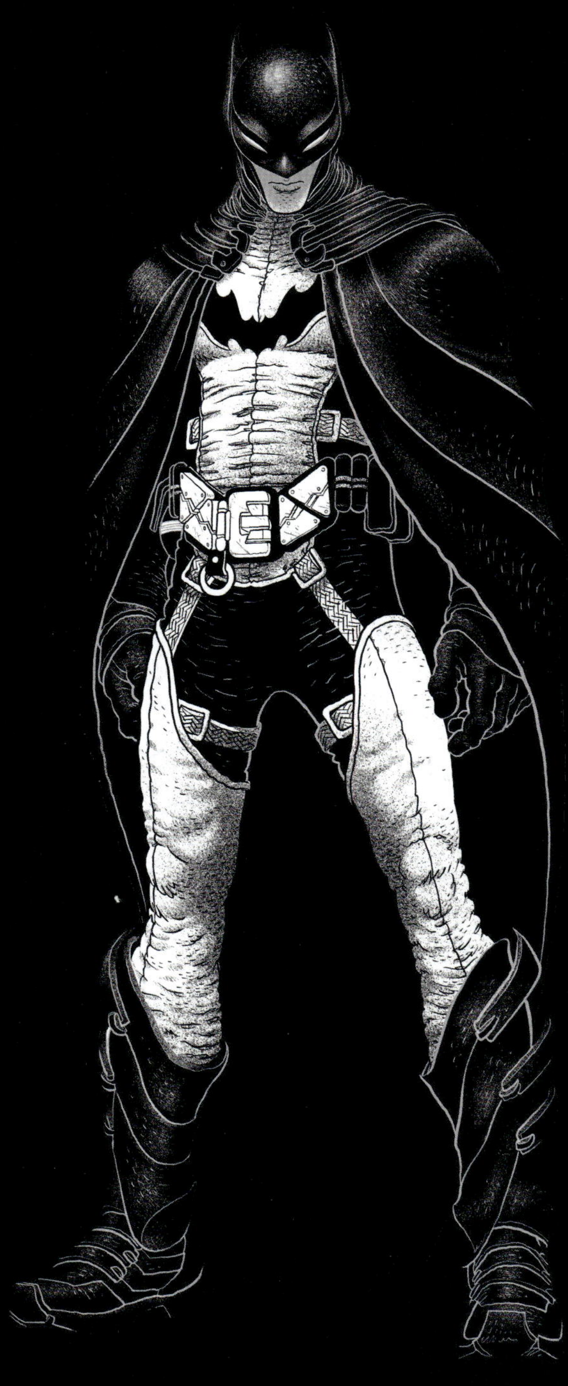

BAND 1

**RAFAEL GRAMPÁ**
Story und Zeichnungen

**MAT LOPES**
Farben

**CHRISTIAN HEISS**
Übersetzung

**FRANCESCA SALVATORI**
Lettering

**RAFAEL GRAMPÁ**
Original-Cover

**BATMAN** geschaffen von **BOB KANE**
mit **BILL FINGER**.

# DER WÄCHTER VON GOTHAM

Das **Black Label** von **DC Comics** kennzeichnet Werke, die unabhängig von allen anderen Veröffentlichungen mit **Batman** und Co. gelesen werden können. Das bringt natürlich viele inhaltliche und gestalterische Freiheiten mit sich, und das wiederum zieht einige der besten Kreativen des gesamten Mediums an – so wie den brasilianischen Ausnahmekünstler **Rafael Grampá**, den man nicht zuletzt für seine Zusammenarbeit mit **Frank Miller** an BATMAN: DAS GOLDENE KIND aus dem futuristischen Kosmos von BATMAN: DIE RÜCKKEHR DES DUNKLEN RITTERS kennt. Dennoch ist der vorliegende Auftaktband zu Grampás eigener und eigenständiger Bat-Serie zumindest im Geiste eher mit Millers anderem, von **David Mazzucchelli** illustrierten Klassiker BATMAN: DAS ERSTE JAHR verbunden, denn auch Grampá widmet sich in seiner fantastisch bebilderten Geschichte den Anfangstagen des **Dunklen Ritters**.

Wir erinnern uns: Als Kind musste **Bruce Wayne** mit ansehen, wie seine Eltern **Thomas** und **Martha** in einer Gasse von **Gotham City** bei einem Raubmord ermordet wurden. Der Erbe des Wayne-Vermögens wurde von Butler **Alfred Pennyworth** großgezogen. Als junger Mann reist Bruce dann um die ganze Welt und trainiert bei Meistern der Kampfkunst, des Spurenlesens und der Kriminalistik. Schließlich kehrt er nach Gotham zurück und startet als Batman seinen Kreuzzug gegen das Verbrechen. Als Inspiration zu seinem Outfit dient ihm eine Fledermaus. Ein Tier der Nacht, das die Kriminellen ängstigen und so zu einer von Batmans wichtigsten Waffen werden soll. Allerdings stehen die Verpflichtungen als Bruce Wayne seinem Wirken als maskierter Beschützer oft im Weg.

In seiner Comic-Serie wirft Rafael Grampá u. a. einen Blick auf diesen Konflikt. Der **Gargoyle** im Titel spielt dabei nicht nur auf die oft gehörnten, häufig geflügelten **Wasserspeier** an, die man überall auf den Simsen und Dächern von Gothams Gebäuden sieht, wo sie wie gruselige Wächter über der Stadt kauern. Nein, auch Batman hat etwas von diesen albtraumhaften Gestalten, wenn sich Gothams Wächter mit spitzen Fledermausohren und flatterndem Cape auf jene stürzt, die seine Stadt weiter verderben, sie zu einem noch finstereren Ort machen wollen ... Viel Vergnügen bei dieser Reise in Batmans Vergangenheit und diesem visuell herausragenden Werk eines fantastischen, unverkennbaren Künstlers!

**Christian Endres**

---

**BATMAN: DER GARGOYLE VON GOTHAM** erscheint bei **PANINI COMICS**, Schloßstraße 76, D-70176 Stuttgart. Druck: Lito Terrazzi S.r.l. – Prato. Pressevertrieb: Stella Distribution GmbH, D-22297 Hamburg. Direkt-Abos auf **www.paninicomics.de**. Anzeigenverkauf: BLAUFEUER VERLAGSVERTRETUNGEN GmbH, info@blaufeuer.com. Es gelten die Anzeigenpreise gemäß der Mediadaten 2023. Geschäftsführer **Hermann Paul**, Publishing Director Europe **Marco M. Lupoi**, Finanzen/Logistik **Felix Bauer**, Marketing Director **Holger Wiest**, Marketing **Thorsten Kleinheinz**, Vertrieb **Alexander Bubenheimer**, PR/Presse **Steffen Volkmer**, Publishing Manager **Lisa Pancaldi**, Redaktion **Tommaso Caretti**, **Christian Endres**, **Elena Pizzi**, **Monika Trost**, **Daniela Uhlmann**, **Jürgen Zahn**, Übersetzung **Christian Heiß**, Proofreading **Genoveva Fincias Alonso**, Lettering **Francesca Salvatori**, grafische Gestaltung **Rudy Remitti**, **Nicola Spano**, Art Director **Alessandro Gucciardo**, Redaktion Panini Comics **Annalisa Califano**, **Beatrice Doti**, Prepress **Francesca Aiello**, **Andrea Bisi**, Repro/Packager **Alessandro Nalli** (coordinator), **Anna Boselli**, **Mario Da Rin Zanco**, **Valentina Esposito**, **Luca Ficarelli**, **Linda Leporati**.
 Cover von **Rafael Grampá**, *Batman: Gargoyle of Gotham* 1. Variant-Cover von **David Finch**, *Batman: Gargoyle of Gotham* 1 Variant.

**Digitale Ausgaben:**
ISBN 978-3-7569-0467-9 (.pdf) / ISBN 978-3-7569-0468-6 (.epub) / ISBN 978-3-7569-0466-2 (.mobi)

**Bibliografische Information der Deutschen Nationalbibliothek**
Die Deutsche Nationalbibliothek verzeichnet diese Publikation in der Deutschen Nationalbibliografie; detaillierte bibliografische Daten sind im Internet über dnb.d-nb.de abrufbar.

Kein Kind sollte im Grab seiner ermordeten Eltern leben müssen ...
... doch Gotham City und dieses Grab sind dasselbe.
Die prachtvolle, verschnörkelte Fassade soll uns täuschen ...
... tarnen, was sich darunter verbirgt.
HOTEL
Ein Sumpf aus Schande ...
... roher Gewalt ...
TABOO X
... und der Seuche der Ignoranz ...
... in dem wir verfaulen.
OBDACHLOS UND KREBSKRANK

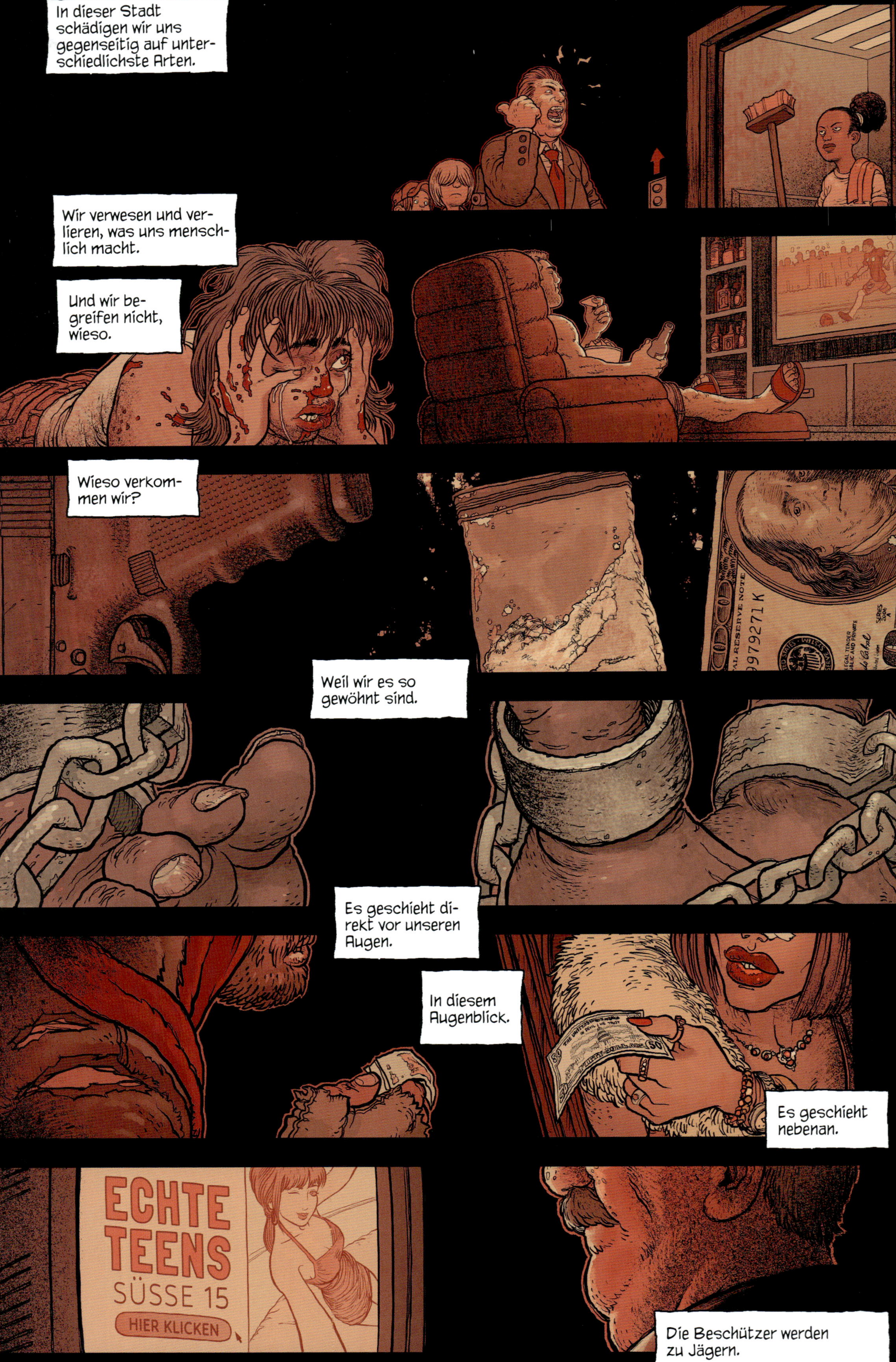

In dieser Stadt schädigen wir uns gegenseitig auf unterschiedlichste Arten.
Wir verwesen und verlieren, was uns menschlich macht.
Und wir begreifen nicht, wieso.
Wieso verkommen wir?
Weil wir es so gewöhnt sind.
Es geschieht direkt vor unseren Augen.
In diesem Augenblick.
Es geschieht nebenan.
ECHTE TEENS
SÜSSE 15
HIER KLICKEN
Die Beschützer werden zu Jägern.

Gewalt verkommt zur Unterhaltung für jedermann.
Jedermann wird zum Verbrecher.
Ein Kind wird Zeuge der Ermordung seiner Eltern.
Ein Kind so wie **ICH**.
Ich habe am Grab meiner Eltern geschworen, dass ich dieses Blutvergießen beenden werde.
Damit nie wieder ...
... jemand so sterben muss wie meine Eltern, habe ich geschworen, das Böse zu bekämpfen.
Das war, als ich Gotham verließ.
Doch Gotham blieb in mir, wohin ich auch ging.
RAT-TAT-TAT
RAT-TAT-TAT
Quälte mich.
Erinnerte mich daran, wozu ich werden sollte.
Ein Gefangener meines Racheschwurs.
HEY!
NACHT-SCHICHT, PENNER!

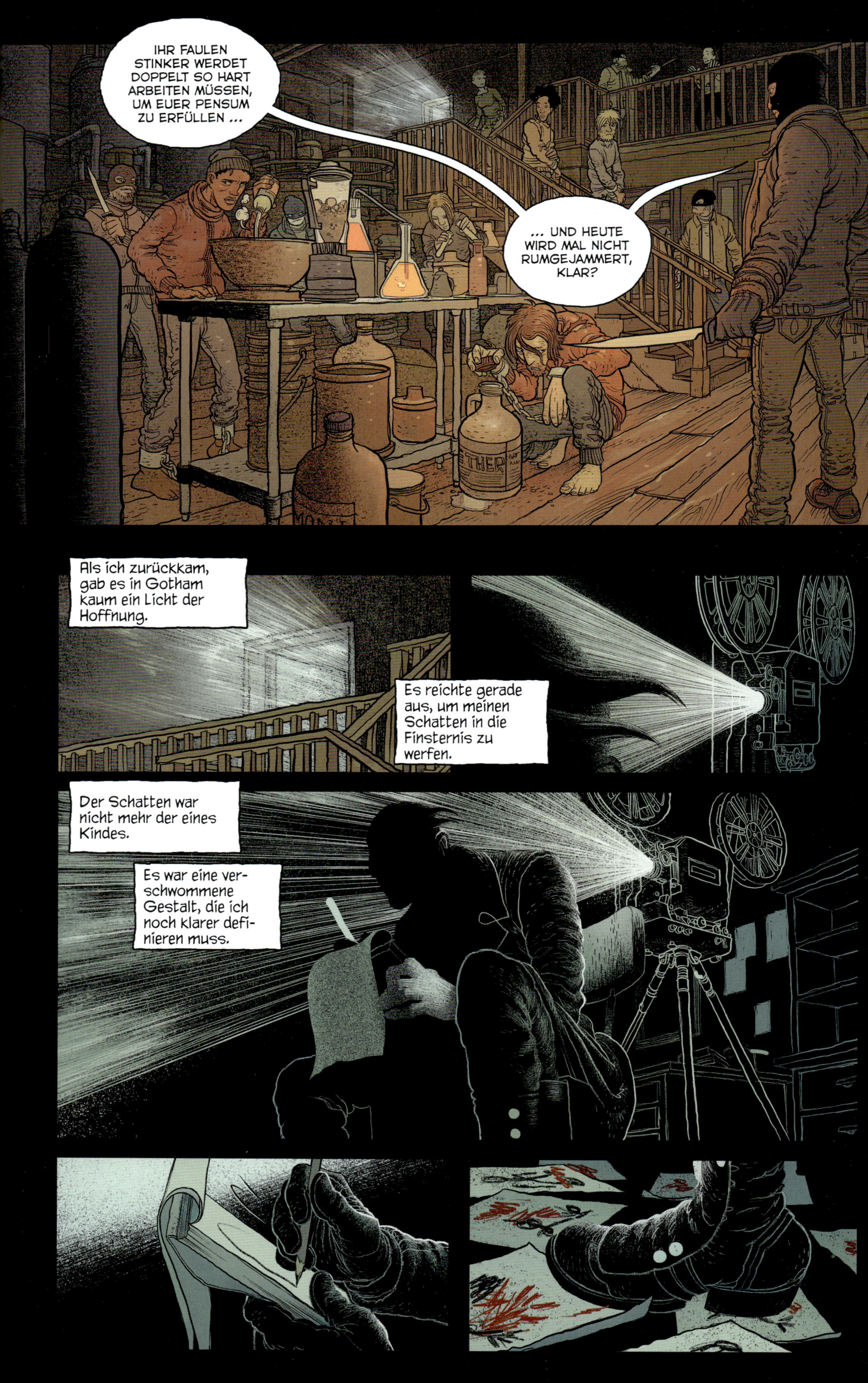
IHR FAULEN STINKER WERDET DOPPELT SO HART ARBEITEN MÜSSEN, UM EUER PENSUM ZU ERFÜLLEN ...
... UND HEUTE WIRD MAL NICHT RUMGEJAMMERT, KLAR?
ETHER
Als ich zurückkam, gab es in Gotham kaum ein Licht der Hoffnung.
Es reichte gerade aus, um meinen Schatten in die Finsternis zu werfen.
Der Schatten war nicht mehr der eines Kindes.
Es war eine verschwommene Gestalt, die ich noch klarer definieren muss.

HEY, IHR ZWEI. WORAUF WARTET IHR?

AB MIT EUCH IN DEN KELLER. BRINGT DEN AMMONIAK RAUF.

Nun kämpft das Kind darum, nicht in der dichten Nacht meines Inneren zu versinken.

CLICK

Und es fragt sich ...

... was aus mir geworden ist.

GAH ... FUCK!
WAS ZUM GEIER IST DENN LOS?
LOS! RUF *ALLE HER!*
HABT IHR SCHON MAL SO 'NEN SCHREI GEHÖRT?
WO SIND SIE?
HIER!
WAS IST LOS, IHR PFEIFEN?
WIESO HABT IHR SO *GESCHRIEN?*
WIR ... HABEN *NICHT* GESCHRIEN ...

Es war kein Schrei.
Nur ein Köder.
NG
WAS? WER HAT DANN--
HIMMEL ... SEHT EUCH DIESE AUGEN AN ...
Ja, da ist es wieder.
HINTER DIR ...!
AAAAAA AAAHHH!
OHMEINGOTT OHGOTT ...
Mein Markenzeichen.
Ihre Blicke.

Die Blicke derer, die zum ersten Mal echtes Grauen erleben.
Ich verwandle es in das LETZTE, was er je sehen wird ...
... bis er sich erholt hat.
Doch diese schreckliche Erinnerung bleibt eine Wunde, die nie heilen wird.
Dieser Augenblick in ihrem Leben verändert alles.
Dieser Augenblick, in dem sie um eine zweite Chance betteln ...
... und plötzlich an Gott glauben, falls sie entwischen.
Doch das ist nicht SEIN Werk.
Gott ist nicht dort, wo ich bin.

Ja, erkunde mit deinen schweren Schritten diesen Ort für mich.
HÖRKRAFT 15% VERSTÄRKEN
Großer Raum.
Töne von klirrendem Glas.
Noch eine lärmende hölzerne Treppe.
Ein Balkon.
Er hält inne.
WIR WURDEN ÜBERFALLEN ... EIN MONSTER ...
NEIN ... BITTE NICHT ...
Am Ende dieser Treppe lauert etwas.
Ein Schauer läuft mir über den Rücken.

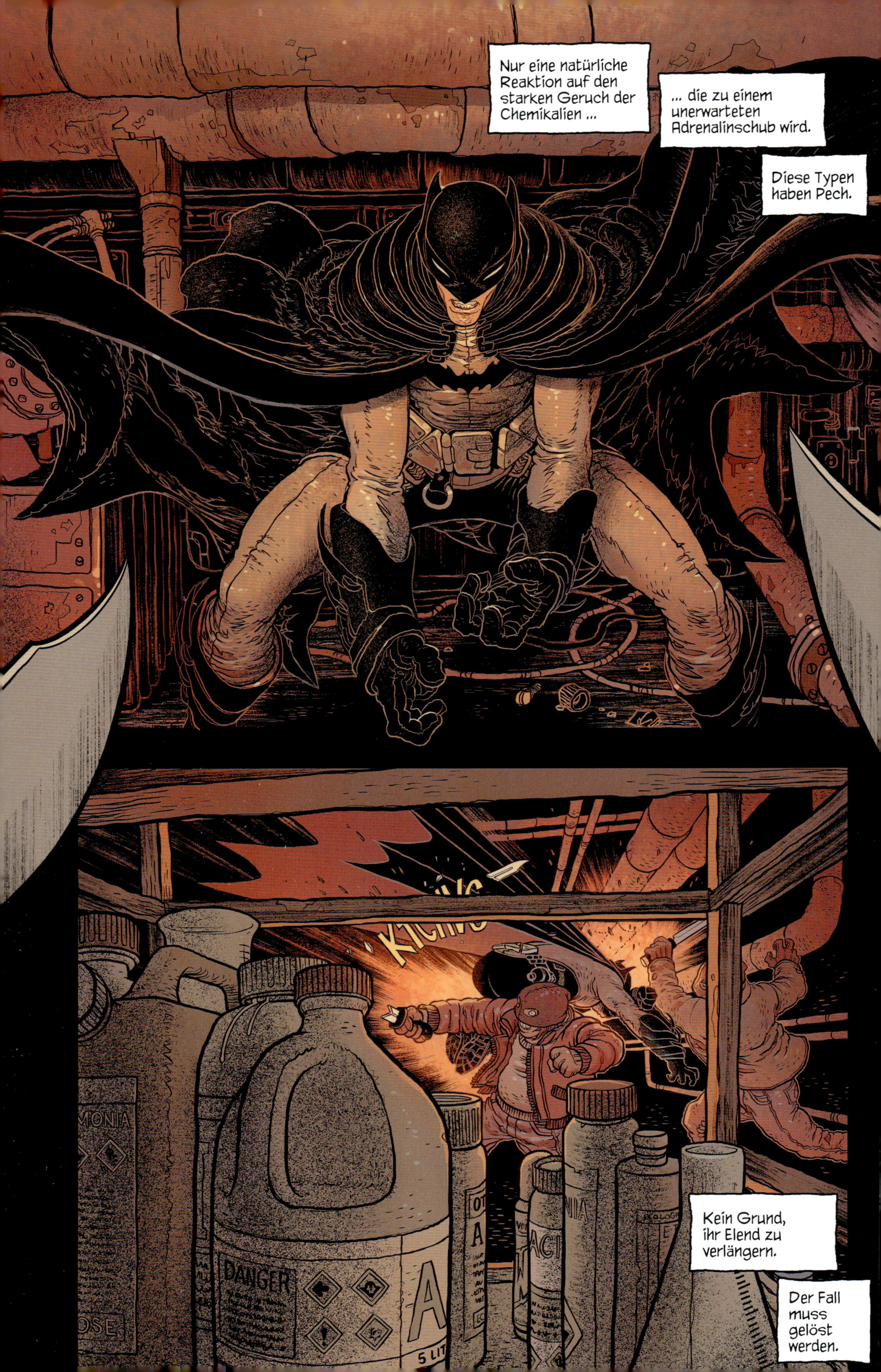
Nur eine natürliche Reaktion auf den starken Geruch der Chemikalien ...
... die zu einem unerwarteten Adrenalinschub wird.
Diese Typen haben Pech.
DANGER
Kein Grund, ihr Elend zu verlängern.
Der Fall muss gelöst werden.

Drei Morde in den letzten fünf Tagen ...
... und scheinbar führen mich die Beweise endlich zu Antworten ... und hierher.
Oh nein ... nein.
Nein ... unterdrücke diese Erinnerungen. Lass sie ruhen.
Sieh dir die Brutalität an. Verwandle sie in Zorn.
Definiere diesen starken Geruch. Äther.
Und Ammoniak.
Salpetersäure.
Toluol.
Das ist ein Geheimlabor zur Herstellung von Trinitrotoluol.
TNT.
Das erklärt, wieso die Schläger keine Schusswaffen eingesetzt haben.
Der Killer rollt einen makabren roten Teppich für mich aus.
Er will mich schockieren.
Du kranker Dreckskerl.
Dafür wirst du zahlen.
Mein härtester Schlag wird dich empfangen.

Die Stroboskoplichter und der invasive, synthetische Gestank in der Luft fordern meinen Magen zu einer spontanen Entleerung durch den Rachen auf.
Unterdrücke es.
Das Zimmer ist ein feuchter, modriger Albtraum.
Nein. Ich habe und ...
... kenne Albträume.
NICHT ANFASSEN.
LASS MEINE GEDANKEN.
DU WILLST NICHT WISSEN, WIE SEHR MEINE GEDANKEN ...

... SCHMER-
ZEN.
Das ist kein
Albtraum.
Das ist die
dichte Nacht
in mir.

So viel Äther ... in der Luft ...
Das Zimmer verschwimmt ...
DU ... ENTKOMMST NICHT ...
Konzentrier dich ...
Er schlägt viel früher zu, als wäre er nicht im Takt.
Ich soll wach bleiben.
THANG
Für den Tanz mit ihm.
Ich bin sein Partner in diesem Tanz, dessen Schrittfolge nur er kennt.
KUDD
TIC TAC
TIC TAC TIC TAC
WOOK
AHKK

UOOPH
Er zerrt mich in seine selbstmörderische Choreografie ...
... und haucht mir ein tödliches Gutenachtlied ins Ohr.
KRASH
„Nichts zu verlieren.
„Zu gewinnen.
„Zu verbergen."
Nichts außer dem wahren Antlitz des Schmerzes.
Endlich finde ich in Gotham etwas Wahrhaftiges.

Mom ...
Der Bat-Man ...
Ugh.
Mein Arm ...
Wie lange war ich ...
KONZENTRIER DICH!
Betäubt ... halluziniere ...
HÖRKRAFT 35% VERSTÄRKEN
Er darf nicht entkommen.
TIC TAC
Nein ...
Die Männer im Keller ...
KABOOM

CHACK
NNNG ...
ALFRED ...

POLICE LINE DO NOT CROSS
DETECTIVE GORDON, WAS HABEN SIE DEN MENSCHEN VON GOTHAM ZU SAGEN?
-- DAS VIERTE OPFER IN EINER WOCHE--
-- ETWA EIN SERIENKILLER?
POLICE LINE DO NOT CROSS

Vontobe

SOLLTEN WIR BESSER BETEN, DETECTIVE?

... ER WAR EIN GUTER MANN, WER TUT SO WAS ...

DIE ÜBLICHEN MUSTER.
OPFER NACKT AUFGEFUNDEN, MIT STICHWUNDEN ÜBERSÄT.
DAS FENSTER WURDE VON AUSSEN AUFGEBROCHEN.
MEHR HABEN WIR NOCH NICHT.
DER MÖRDER LÄSST DIE OPFER IMMER NACKT ZURÜCK.
ER WILL SIE ERNIEDRIGEN.

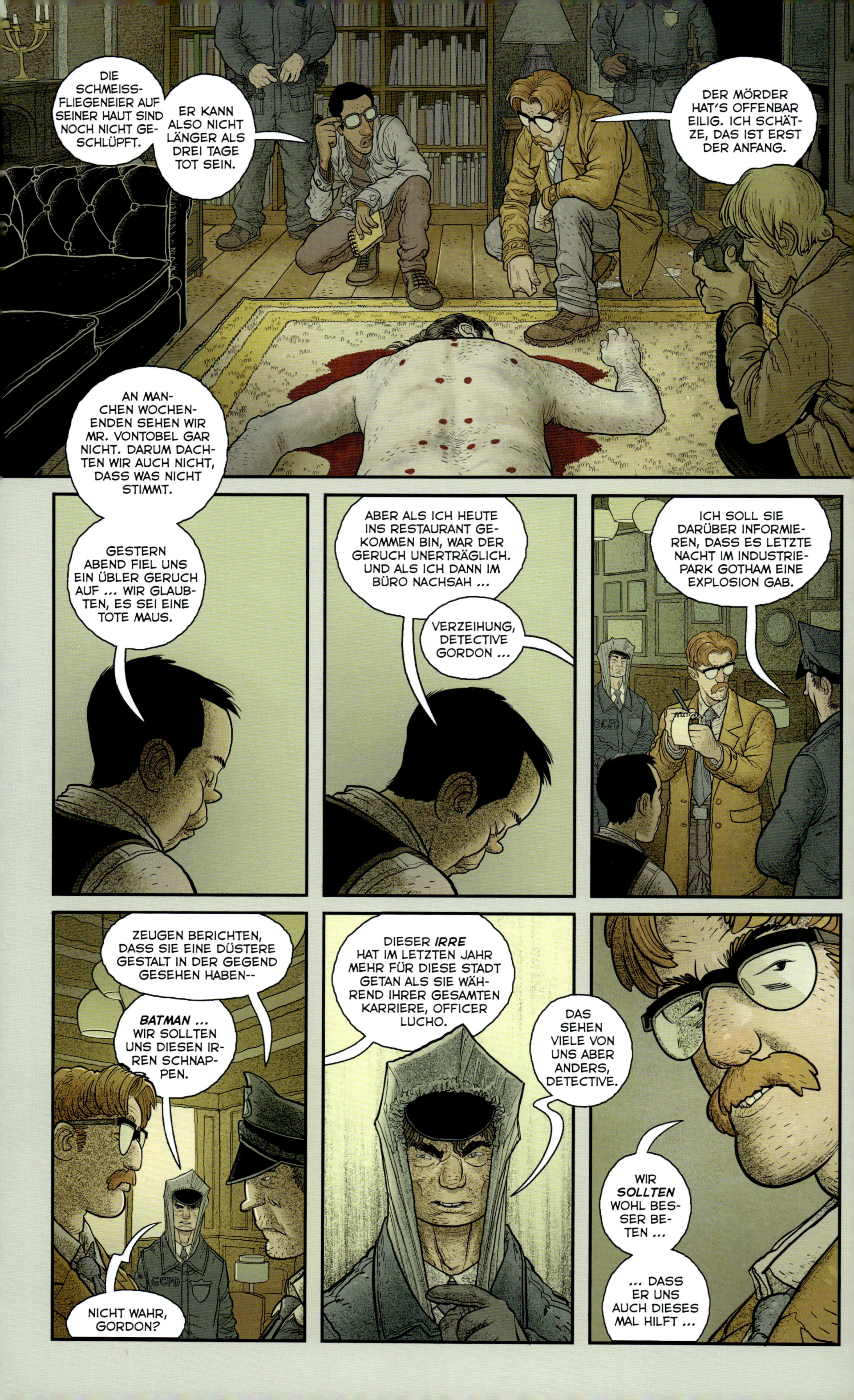

DIE SCHMEISS-FLIEGENEIER AUF SEINER HAUT SIND NOCH NICHT GE-SCHLÜPFT.
ER KANN ALSO NICHT LÄNGER ALS DREI TAGE TOT SEIN.
DER MÖRDER HAT'S OFFENBAR EILIG. ICH SCHÄT-ZE, DAS IST ERST DER ANFANG.
AN MAN-CHEN WOCHEN-ENDEN SEHEN WIR MR. VONTOBEL GAR NICHT. DARUM DACH-TEN WIR AUCH NICHT, DASS WAS NICHT STIMMT.
GESTERN ABEND FIEL UNS EIN ÜBLER GERUCH AUF ... WIR GLAUB-TEN, ES SEI EINE TOTE MAUS.

IN GOTHAM IST GEWALT GEGEN ARME UNSICHTBAR. GEWALT GEGEN REICHE IST HINGEGEN EINE TRAGÖDIE.
VERMISSTENFÄLLE UNTER DEN OBDACHLOSEN KÜMMERN NIEMANDEN.
NUN WURDEN DUTZENDE DER VERSCHWUNDENEN NACH EINER EXPLOSION IM INDUSTRIEGEBIET TOT AUFGEFUNDEN.
DOCH ALLE SPRECHEN **NUR** ÜBER DEN TOD VIER REICHER MÄNNER.
DARUM **MÜSSEN** WIR ÜBER DIE REICHEN SPRECHEN.
ES GIBT KEINE GERECHTIGKEIT FÜR DIE ARMEN IN DIESER STADT, UND DIE REICHEN TUN SO, ALS HÄTTEN SIE NICHTS DAMIT ZU TUN.
DARAN HAT AUCH DIE REGIERUNG SCHULD, DOCH DIE REICHEN STEUERN NUN MAL DIE REGIERUNG.
WENN GESELLSCHAFT UND BEHÖRDEN NUR DIE REICHEN WAHRNEHMEN UND BEVORZUGEN, SOLLTEN SICH JETZT DIE REICHEN ERHEBEN UND GLEICHES RECHT FÜR ALLE EINFORDERN. SCHWEIGEN WÄRE DER BEWEIS IHRER MITSCHULD.
GLAUBEN SIE, WIR WÜSSTEN NICHT, DASS SIE DAS VERABSCHIEDEN VON GESETZEN BEEINFLUSSEN, DIE REICHE FÖRDERN UND ARMEN SCHADEN?
GLAUBEN SIE, WIR WÜSSTEN NICHT, DASS IHRE EHRENWERTEN SPENDEN NUR FASSADE SIND ...
... ZUR MINDERUNG VON STEUERN UND ZUR RETTUNG IHRER REPUTATION NACH ALL IHREN UNTATEN.
POLITIKER SIND NUR MARIONETTEN DER ELITE, DIE AUS DEN ARMEN EINE GESICHTSLOSE MASSE MACHEN.
ABER NUR, WEIL WIR **ZULASSEN**, DASS SIE FÜR SO VIEL SCHADEN UND UNGLEICHHEIT SORGEN.
DARUM SCHERT'S AUCH NIEMANDEN, WAS MIT DEN OBDACHLOSEN GESCHIEHT. DIE REICHEN ERSCHAFFEN EIN SYSTEM, IN DEM DIESE MENSCHEN NICHT GESCHÄTZT WERDEN, UND WIR NEHMEN ES HIN.
UND JETZT GLAUBEN WIR, DASS JEMAND, DER NICHT PRODUKTIV IST, DAS FINANZSYSTEM NICHT FÜTTERT ... KEIN MENSCH MEHR IST.
ABER DIESES MÄRCHEN HABEN DIE **BESITZER** DIESES SYSTEMS GESCHRIEBEN, FÜR DIE WIR SCHUFTEN SOLLEN.
ES IST DIE GRÖSSTE UND DRECKIGSTE LÜGE ALLER ZEITEN.
WIR **ALLE** SIND MENSCHEN VON WERT, UND DIESER **WERT** SOLLTE DIE BASIS UNSERES SYSTEMS SEIN.

ES IST ZEIT, DASS DIE REICHEN IHRER ENORMEN VERANTWORTUNG GERECHT WERDEN.
ZEIT, DASS WIR UNS DIE MACHT VON DENEN HOLEN, DIE AM MEISTEN HABEN.
WER REICH IST UND EIN MENSCH, MUSS DEN ARMEN HELFEN.
WIR MÜSSEN FÜR DIE VERWUNDBARSTEN UNTER UNS SPRECHEN UND GERECHTIGKEIT FÜR SIE EINFORDERN!
NUTZT EURE STIMME UNTER DEM HASHTAG #SPRECHTFÜRSIE UND BEWEGT WAS!
DAS MACHT MIR GROSSE KOPFSCHMERZEN, NIA.
SELBST NACHDEM ICH IHR NICHT GENEHMIGTES VIDEO VON UNSEREN FIRMENKANÄLEN LÖSCHEN LIESS, GING ES VIRAL ... UND IHR HASHTAG WIRD ZUR BEWEGUNG.
JA, NENNT SICH STREISAND-EFFEKT, **BOSS.**
KLAR.
SIE WERDEN JETZT EIN **WEITERES** VIDEO MACHEN, IN DEM SIE ERKLÄREN, DASS **SIE** DAS ERSTE GELÖSCHT HABEN, DAMIT RUHE EINKEHRT.
WENN UNSERE SPENDER MEINEN, UNSERE NGO **FÖRDERE** DIESE BEWEGUNG--
GOTT, ICH HÄTT'S ECHT WISSEN MÜSSEN.
SIE SIND AUCH NUR 'N REICHER SPEICHELLECKER.
MIESER **HEUCHLER ...**
WAS?! SIE **WERDEN ...**
SIE KÖNNEN SICH'S SPAREN, MICH ZU FEUERN, **BOSS.**
BIN RAUS.
DIE STRASSE IST EH MEINE HEIMAT.

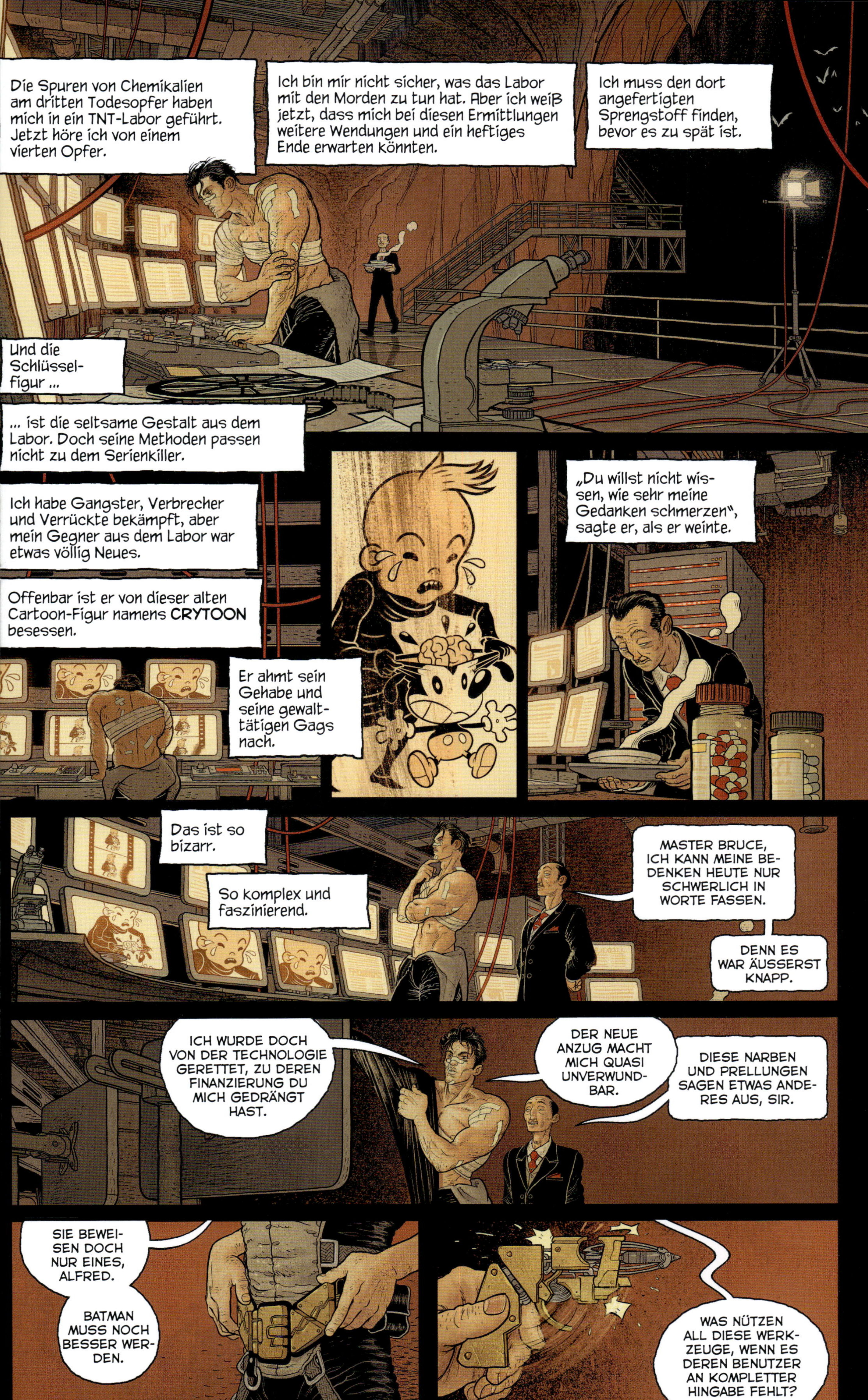
Die Spuren von Chemikalien am dritten Todesopfer haben mich in ein TNT-Labor geführt. Jetzt höre ich von einem vierten Opfer.
Ich bin mir nicht sicher, was das Labor mit den Morden zu tun hat. Aber ich weiß jetzt, dass mich bei diesen Ermittlungen weitere Wendungen und ein heftiges Ende erwarten könnten.
Ich muss den dort angefertigten Sprengstoff finden, bevor es zu spät ist.
Und die Schlüssel-figur ...
... ist die seltsame Gestalt aus dem Labor. Doch seine Methoden passen nicht zu dem Serienkiller.
Ich habe Gangster, Verbrecher und Verrückte bekämpft, aber mein Gegner aus dem Labor war etwas völlig Neues.
Offenbar ist er von dieser alten Cartoon-Figur namens CRYTOON besessen.
Er ahmt sein Gehabe und seine gewalt-tätigen Gags nach.
„Du willst nicht wis-sen, wie sehr meine Gedanken schmerzen", sagte er, als er weinte.
Das ist so bizarr.
So komplex und faszinierend.
MASTER BRUCE, ICH KANN MEINE BE-DENKEN HEUTE NUR SCHWERLICH IN WORTE FASSEN.
DENN ES WAR ÄUSSERST KNAPP.
ICH WURDE DOCH VON DER TECHNOLOGIE GERETTET, ZU DEREN FINANZIERUNG DU MICH GEDRÄNGT HAST.
DER NEUE ANZUG MACHT MICH QUASI UNVERWUND-BAR.
DIESE NARBEN UND PRELLUNGEN SAGEN ETWAS ANDE-RES AUS, SIR.
SIE BEWEI-SEN DOCH NUR EINES, ALFRED.
BATMAN MUSS NOCH BESSER WER-DEN.
WAS NÜTZEN ALL DIESE WERK-ZEUGE, WENN ES DEREN BENUTZER AN KOMPLETTER HINGABE FEHLT?

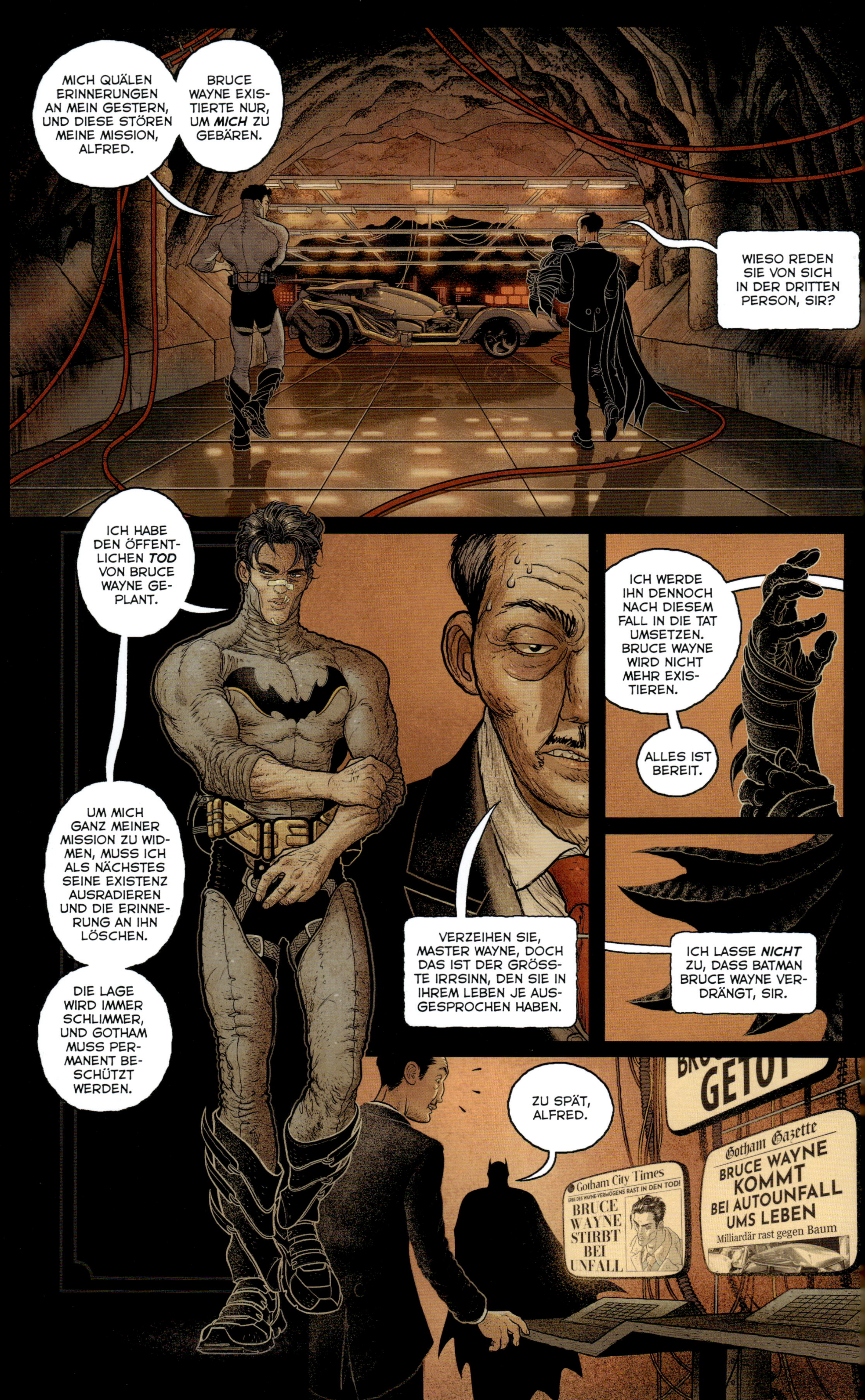
MICH QUÄLEN ERINNERUNGEN AN MEIN GESTERN, UND DIESE STÖREN MEINE MISSION, ALFRED.
BRUCE WAYNE EXISTIERTE NUR, UM *MICH* ZU GEBÄREN.
WIESO REDEN SIE VON SICH IN DER DRITTEN PERSON, SIR?
ICH HABE DEN ÖFFENTLICHEN *TOD* VON BRUCE WAYNE GEPLANT.
UM MICH GANZ MEINER MISSION ZU WIDMEN, MUSS ICH ALS NÄCHSTES SEINE EXISTENZ AUSRADIEREN UND DIE ERINNERUNG AN IHN LÖSCHEN.
DIE LAGE WIRD IMMER SCHLIMMER, UND GOTHAM MUSS PERMANENT BESCHÜTZT WERDEN.
VERZEIHEN SIE, MASTER WAYNE, DOCH DAS IST DER GRÖSSTE IRRSINN, DEN SIE IN IHREM LEBEN JE AUSGESPROCHEN HABEN.
ICH WERDE IHN DENNOCH NACH DIESEM FALL IN DIE TAT UMSETZEN. BRUCE WAYNE WIRD NICHT MEHR EXISTIEREN.
ALLES IST BEREIT.
ICH LASSE *NICHT* ZU, DASS BATMAN BRUCE WAYNE VERDRÄNGT, SIR.
ZU SPÄT, ALFRED.
Gotham City Times
BRUCE WAYNE STIRBT BEI UNFALL
Gotham Gazette
BRUCE WAYNE KOMMT BEI AUTOUNFALL UMS LEBEN
Milliardär rast gegen Baum

Miller, Bob K.
Fincher, Daniel
Walker, Kenan
MILLER, FINCHER, WALKER UND NUN VONTOBEL.
KEINERLEI VERBINDUNG ZWISCHEN IHNEN ... UNSER EINZIGER HINWEIS SIND DIE STICHWUNDEN AN DIESEN LEICHEN.

Miller, Bob K.
Fincher, Daniel
Walker, Kenan
Vontobel, Gus
GOTHAM CITY
EISPICKEL?
NUN JA, DIE WUNDEN ***SIND*** WEGEN DER HAUTSPANNUNGSLINIEN OVAL, ALSO MUSS EIN STICHINSTRUMENT MIT RUNDER SPITZE SIE VERURSACHT HABEN.
ABER MANCHE WUNDEN GEHEN DIREKT ***DURCH*** DEN KÖRPER. DURCHMESSER UND LÄNGE DES INSTRUMENTS SPRECHEN GEGEN EINEN EISPICKEL.

ALLES DEUTET DARAUF HIN, DASS WIR ES MIT EINER UNS UNBEKANNTEN TATWAFFE ZU TUN HABEN.
GENAUERE ANALYSEN DER KONFIGURATION DER WUNDEN HABEN GEZEIGT, DASS DIE OPFER ...
... KEINERLEI ***WIDERSTAND*** GELEISTET HABEN, ALS DIE EINSTICHE VORGENOMMEN WURDEN.
UM SOLCHE PERFEKTEN EINSTICHE ZU ERMÖGLICHEN, MÜSSEN SICH DIE KÖRPER IN RUHEPOSITION BEFUNDEN HABEN.

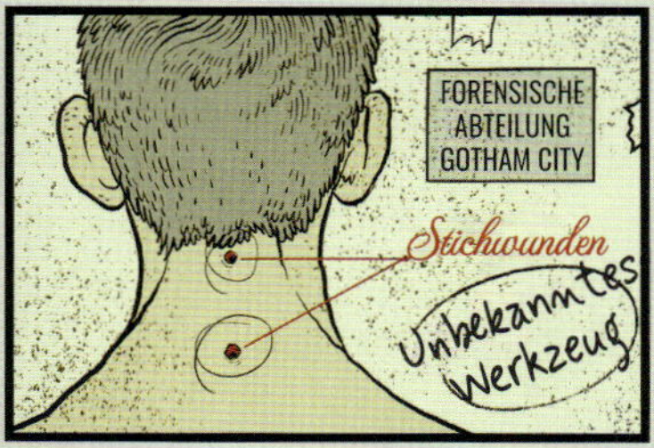
FORENSISCHE ABTEILUNG GOTHAM CITY
Stichwunden
Unbekanntes Werkzeug

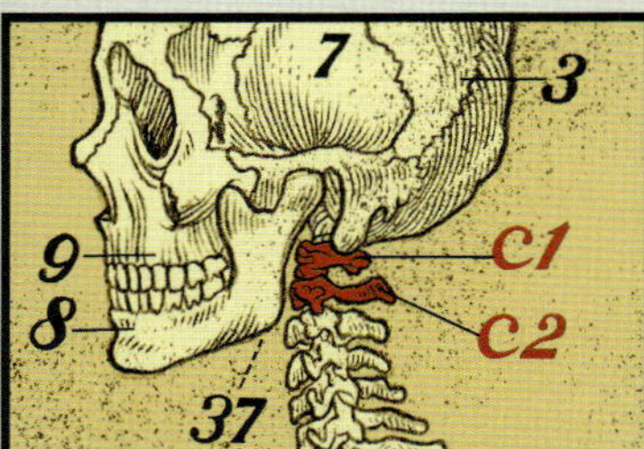
7
3
9
8
C1
C2
37

DER ERSTE STICH ZWISCHEN DEM C1 UND C2 DER WIRBELSÄULE HAT DIE OPFER GETÖTET.
EIN PRÄZISER STICH MIT EINEM SOLCHEN INSTRUMENT TRIFFT DEN HIRNSTAMM UND TRENNT DAS ZENTRUM FÜR ATMUNG UND BEWEGUNG AB.

DAS OPFER KONNTE SICH HALSABWÄRTS NICHT MEHR BEWEGEN, BLIEB ABER WACH, BIS IHM DIE LUFT AUSGING.
DER KILLER WOLLTE WOHL, DASS DIE OPFER ZEUGE IHRER ERMORDUNG WERDEN.
PERFEKT. DAS HABE AUCH ICH DEN DATEN DES NEUEN RECHTSMEDIZINERS ENTNOMMEN ...
HÄTTE ICH ZUGANG ZU DEN ***LEICHEN***, WÄRE UNS ALL DAS VIEL FRÜHER KLAR GEWESEN.

DU WEISST, WIE VIEL ÄRGER ICH DANN HÄTTE, BATMAN.
VIELE BEI DER POLIZEI BETRACHTEN DICH ALS GESETZLOSEN.
ICH STEHE ÜBER DEN GESETZEN, DIE DIE KORRUPTEN BESCHÜTZEN.
JEDENFALLS SPIEGELN DIE WUNDEN ENERGIEPUNKTE IM MENSCHLICHEN KÖRPER WIDER.
EINE BOTSCHAFT DES KILLERS.
GIBT ES WEITERE VERWANDTE FÄLLE?
JA, AN DIESER STELLE WIRD DIE SACHE RÄTSELHAFT.
IN DEN POLIZEIAKTEN GIBT ES EINEN UNGELÖSTEN FALL VON VOR DREISSIG JAHREN, DER DIESEN MORDEN ÄHNELT.
DR. FRANZ EBNER WAR EIN DEUTSCHER WISSENSCHAFTLER, DER HIER IN GOTHAM DIE EIGENSCHAFTEN DES ENERGIEFELDES DES MENSCHLICHEN KÖRPERS UNTERSUCHTE.
DOCH ER WURDE FESTGENOMMEN. ER SOLL SEINEN ASSISTENTEN GETÖTET HABEN.
GOTHAM CITY POLICE
46442
ER HAT SEINE STRAFE ABGESESSEN UND WURDE SPÄTER TOT IN EINEM HOTEL AUFGEFUNDEN.
DIE WUNDEN AN DR. EBNERS HALS HATTEN DIESELBEN MERKMALE WIE DIE VERLETZUNGEN DER OPFER UNSERES FALLS.

WURDE DAMALS GEKLÄRT, WELCHES STICHINSTRUMENT BENUTZT WURDE?
NEIN, DER FALL WURDE NICHT WEITER UNTERSUCHT UND RASCH ZU DEN AKTEN GELEGT.

ABER ICH HABE DEN ZELLENKAMERADEN GEFUNDEN, MIT DEM DR. EBNER EINSASS ... KEN MacRAE. ER SITZT NOCH.
SIE WISSEN ALSO, WIE SIE DIE ERMITTLUNGEN FORTSETZEN WERDEN.
SICHER.
UND DU, WAS HAST DU ENTDECKT?
WAS WAR DAS FÜR EINE EXPLOSION IM INDUSTRIEGEBIET?
ES GAB TODESOPFER UND ...

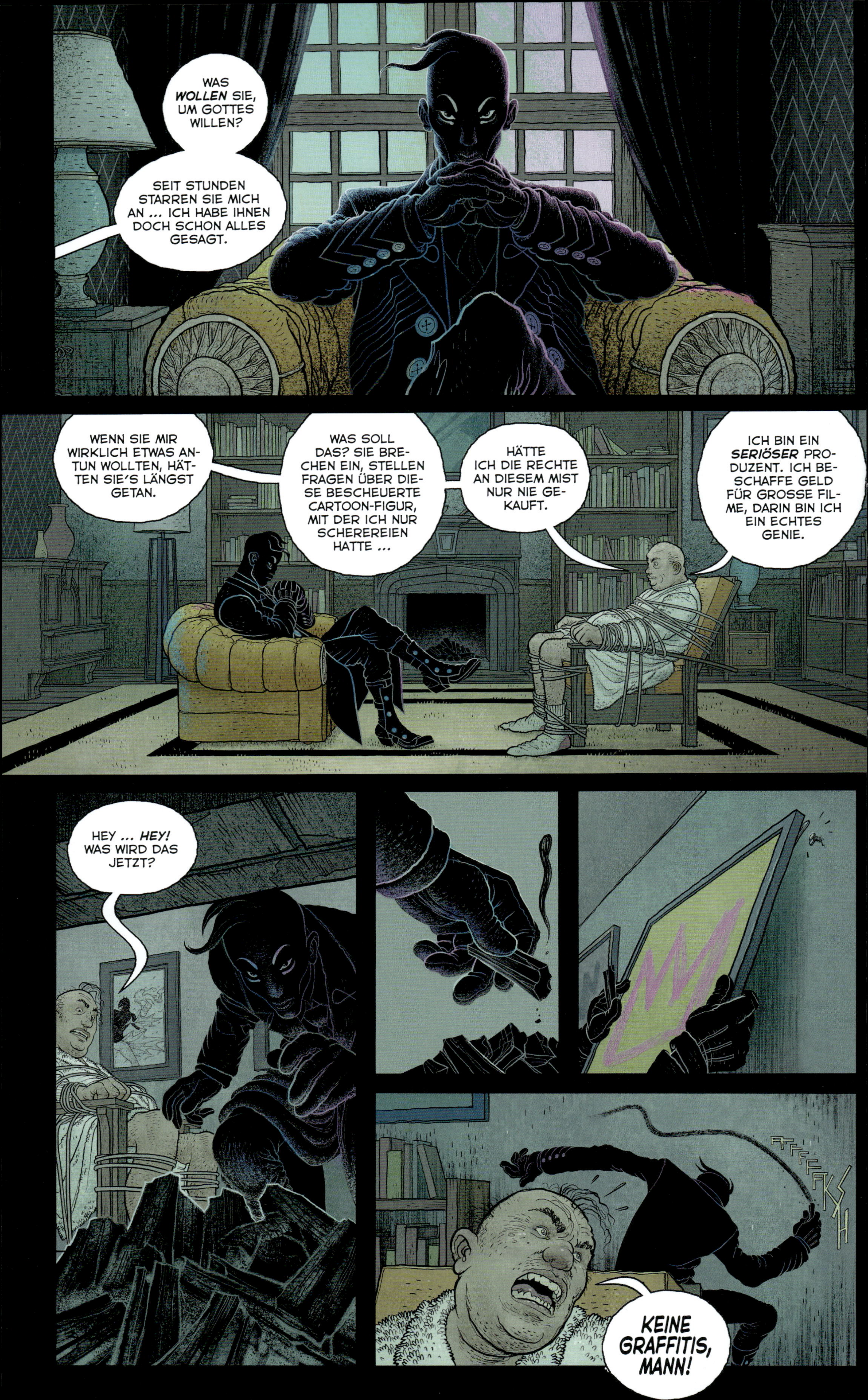

WAS *WOLLEN* SIE, UM GOTTES WILLEN?

SEIT STUNDEN STARREN SIE MICH AN ... ICH HABE IHNEN DOCH SCHON ALLES GESAGT.

WENN SIE MIR WIRKLICH ETWAS ANTUN WOLLTEN, HÄTTEN SIE'S LÄNGST GETAN.

WAS SOLL DAS? SIE BRECHEN EIN, STELLEN FRAGEN ÜBER DIESE BESCHEUERTE CARTOON-FIGUR, MIT DER ICH NUR SCHEREREIEN HATTE ...

HÄTTE ICH DIE RECHTE AN DIESEM MIST NUR NIE GEKAUFT.

ICH BIN EIN *SERIÖSER* PRODUZENT. ICH BESCHAFFE GELD FÜR GROSSE FILME, DARIN BIN ICH EIN ECHTES GENIE.

FSHHH
FSHHH.
SHK
SH-TAK
WAS ZUR ...?
DAS HIER RUHT IN *MEINEM* VERSTAND.
NUN WILL ICH IHREN GENIALEN VERSTAND SEHEN.
WAS ... *WEINEN* SIE ETWA?
MANN, SIE WOLLEN DAS DOCH ALLES NICHT ...
MEINE TRÄNEN SIND DIE VORBOTEN IHRER TRÄNEN.

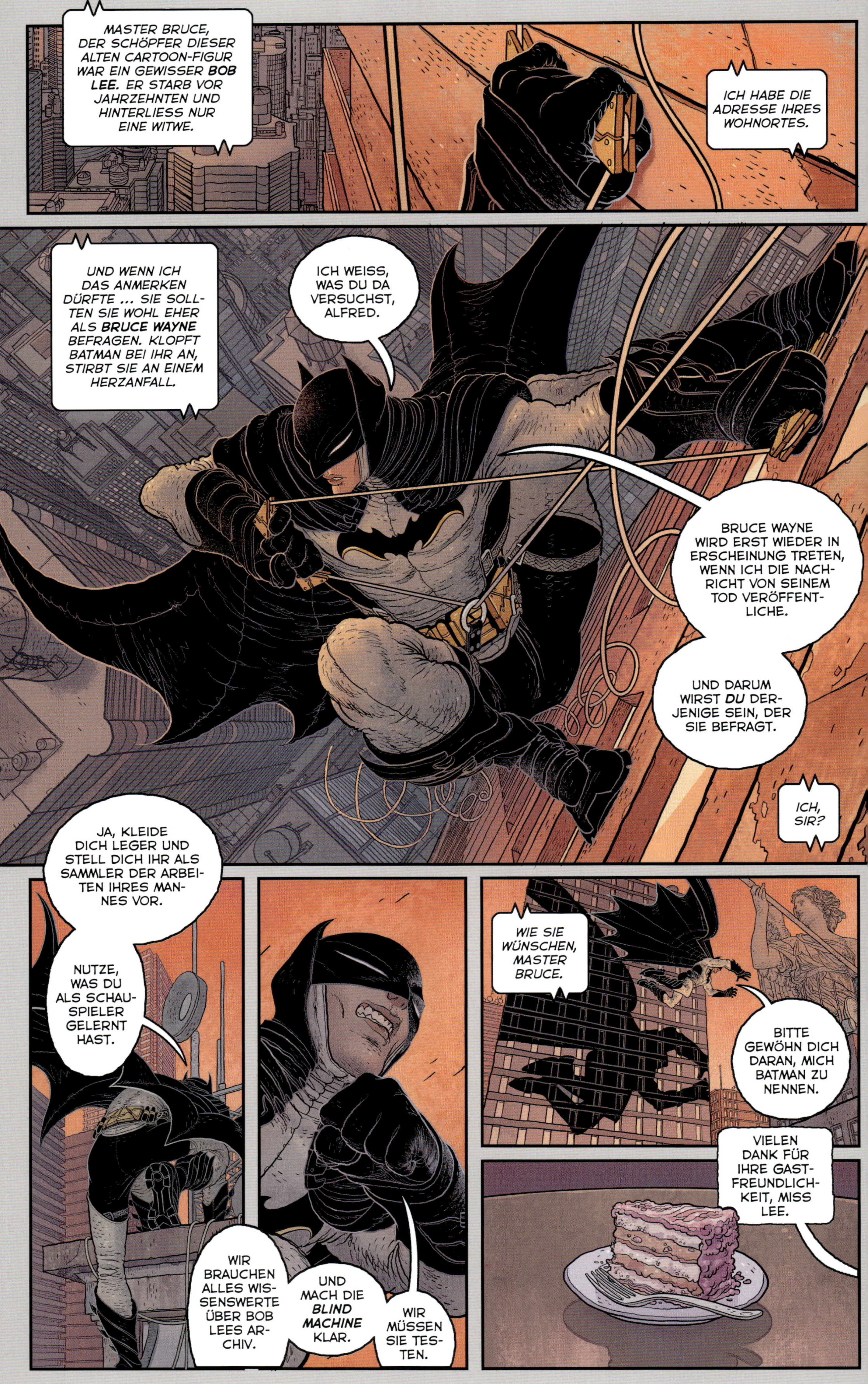
MASTER BRUCE, DER SCHÖPFER DIESER ALTEN CARTOON-FIGUR WAR EIN GEWISSER **BOB LEE.** ER STARB VOR JAHRZEHNTEN UND HINTERLIESS NUR EINE WITWE.
ICH HABE DIE ADRESSE IHRES WOHNORTES.
UND WENN ICH DAS ANMERKEN DÜRFTE ... SIE SOLLTEN SIE WOHL EHER ALS **BRUCE WAYNE** BEFRAGEN. KLOPFT BATMAN BEI IHR AN, STIRBT SIE AN EINEM HERZANFALL.
ICH WEISS, WAS DU DA VERSUCHST, ALFRED.
BRUCE WAYNE WIRD ERST WIEDER IN ERSCHEINUNG TRETEN, WENN ICH DIE NACHRICHT VON SEINEM TOD VERÖFFENTLICHE.
UND DARUM WIRST ***DU*** DERJENIGE SEIN, DER SIE BEFRAGT.
ICH, SIR?
JA, KLEIDE DICH LEGER UND STELL DICH IHR ALS SAMMLER DER ARBEITEN IHRES MANNES VOR.
NUTZE, WAS DU ALS SCHAUSPIELER GELERNT HAST.
WIR BRAUCHEN ALLES WISSENSWERTE ÜBER BOB LEES ARCHIV.
UND MACH DIE ***BLIND MACHINE*** KLAR.
WIR MÜSSEN SIE TESTEN.
WIE SIE WÜNSCHEN, MASTER BRUCE.
BITTE GEWÖHN DICH DARAN, MICH BATMAN ZU NENNEN.
VIELEN DANK FÜR IHRE GASTFREUNDLICHKEIT, MISS LEE.

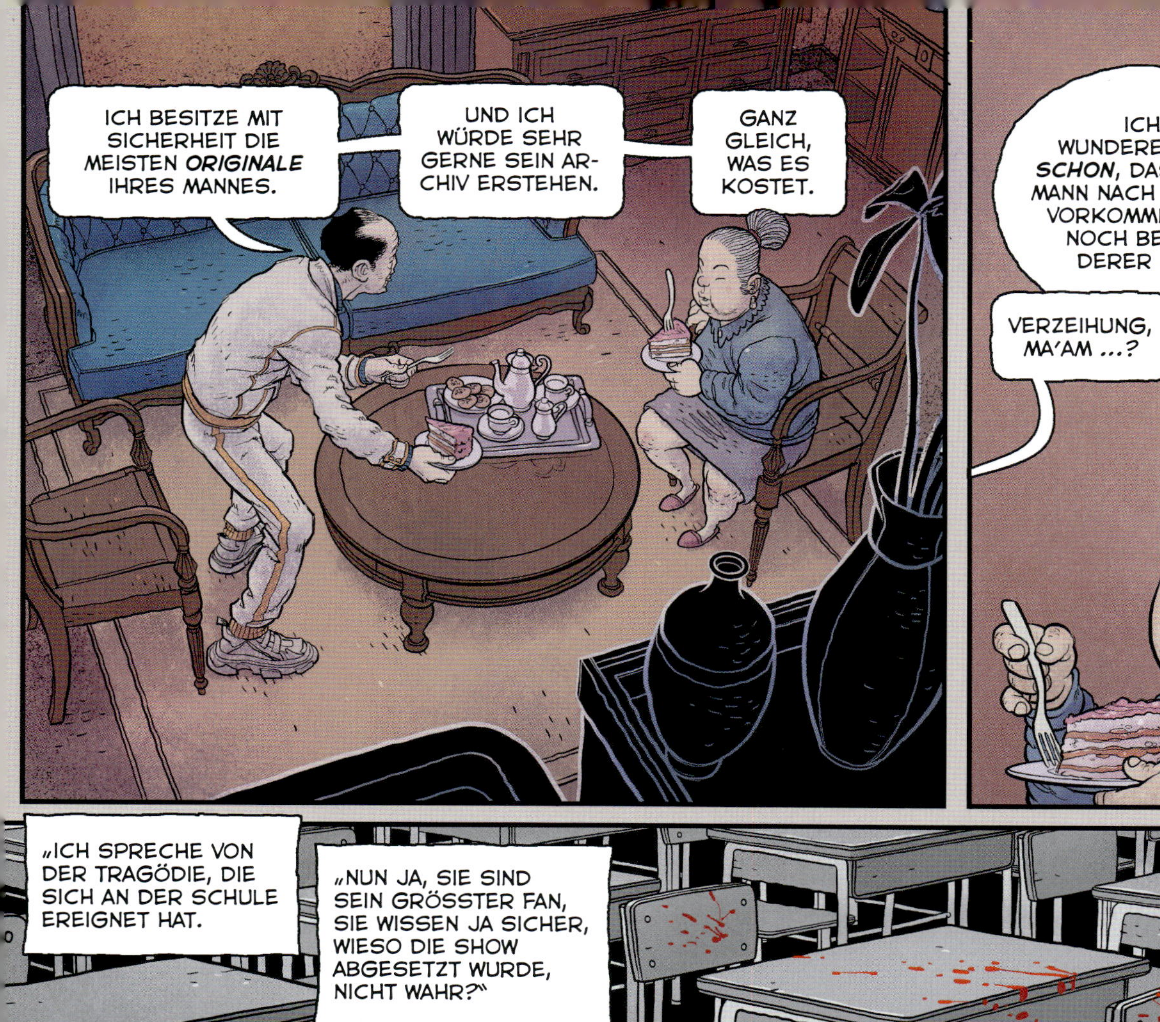
ICH BESITZE MIT SICHERHEIT DIE MEISTEN *ORIGINALE* IHRES MANNES.
UND ICH WÜRDE SEHR GERNE SEIN ARCHIV ERSTEHEN.
GANZ GLEICH, WAS ES KOSTET.

ICH WUNDERE MICH *SCHON*, DASS MEIN MANN NACH ALL DEN VORKOMMNISSEN NOCH BEWUNDERER HAT.
VERZEIHUNG, MA'AM ...?

„ICH SPRECHE VON DER TRAGÖDIE, DIE SICH AN DER SCHULE EREIGNET HAT.

„NUN JA, SIE SIND SEIN GRÖSSTER FAN, SIE WISSEN JA SICHER, WIESO DIE SHOW ABGESETZT WURDE, NICHT WAHR?"
ACH *JA* ... NATÜRLICH, *DAS* ...
ABER WAS DORT GESCHAH, ENTWERTET DAS WERK IHRES MANNES IN KEINSTER WEISE.
GIBT ES ETWAS, DAS ICH NOCH ÜBER DIESE TRAGÖDIE ... WISSEN SOLLTE?
DIE ANWÄLTE MEINES MANNES HABEN DIE KONTROVERSE ERSTICKT. ABER DIE SCHULDGEFÜHLE BRACHTEN MEINEN MANN INS GRAB.

DAS IST EIN SEHR SCHWIERIGES THEMA FÜR MICH, UND ICH WÜRDE AM LIEBSTEN NICHT MEHR DARÜBER SPRECHEN.
ABER DIE RECHTE AN CRYTOON UND DAS ARCHIV MEINES EHEMANNES WURDEN VON EINEM PRODUZENTEN GEKAUFT, DER ALLES IN EINEM LAGERHAUS DER BOBLE STUDIOS AUFBEWAHRT.
MIR GEHÖRT NICHTS MEHR DAVON, ICH KANN IHNEN ALSO NICHT HELFEN.
ICH VERSTEHE. VERZEIHEN SIE MIR DIE AUFWÜHLENDEN FRAGEN.
DANKE FÜR DEN KUCHEN, MISS LEE.

WENN ES NICHT ZU VIEL VERLANGT IST, EINE BITTE HÄTTE ICH NOCH ...

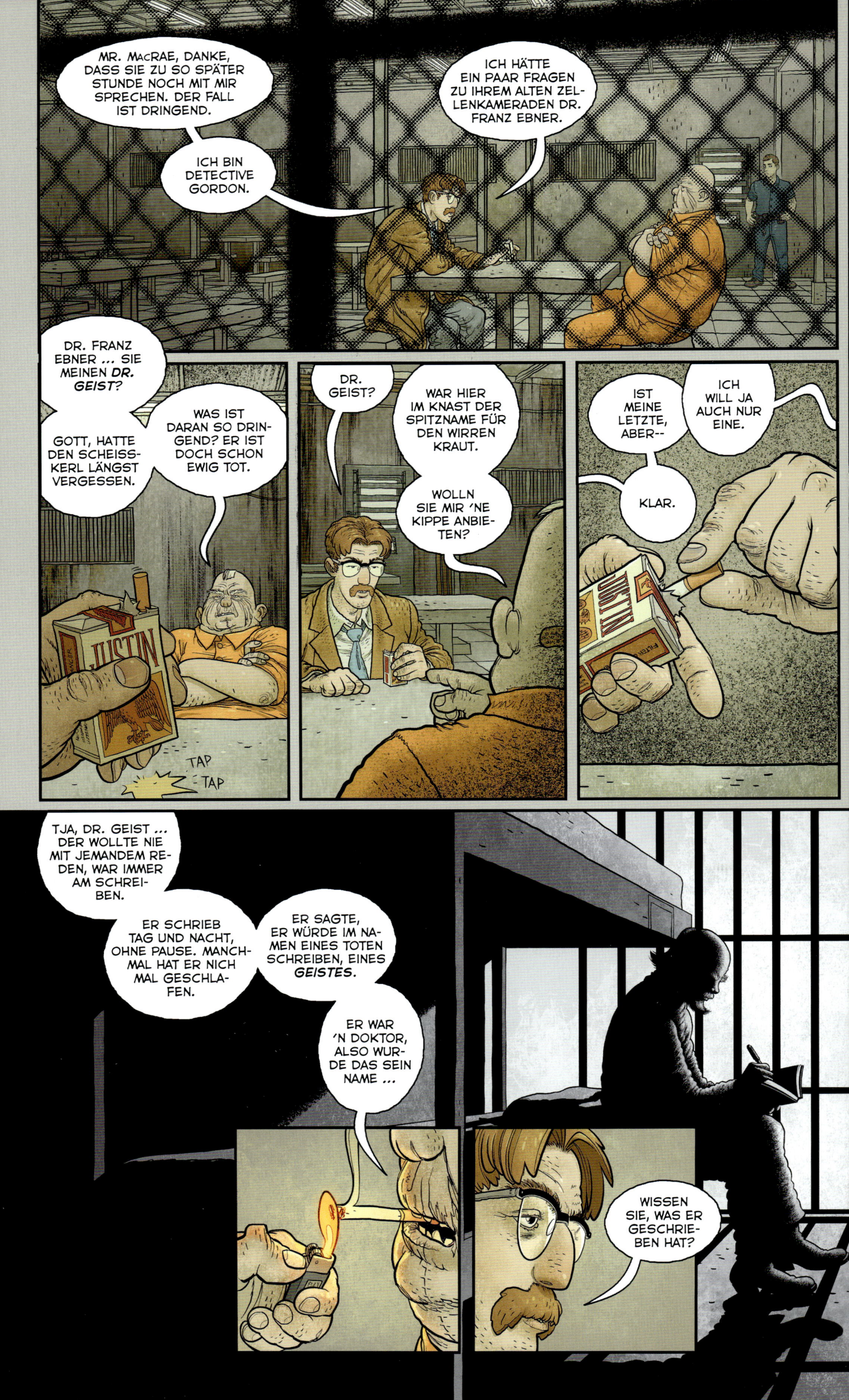
MR. MACRAE, DANKE, DASS SIE ZU SO SPÄTER STUNDE NOCH MIT MIR SPRECHEN. DER FALL IST DRINGEND.
ICH BIN DETECTIVE GORDON.
ICH HÄTTE EIN PAAR FRAGEN ZU IHREM ALTEN ZELLENKAMERADEN DR. FRANZ EBNER.
DR. FRANZ EBNER ... SIE MEINEN *DR. GEIST*?
GOTT, HATTE DEN SCHEISSKERL LÄNGST VERGESSEN.
WAS IST DARAN SO DRINGEND? ER IST DOCH SCHON EWIG TOT.
JUSTIN
TAP
TAP
DR. GEIST?
WAR HIER IM KNAST DER SPITZNAME FÜR DEN WIRREN KRAUT.
WOLLN SIE MIR 'NE KIPPE ANBIETEN?
IST MEINE LETZTE, ABER--
ICH WILL JA AUCH NUR EINE.
KLAR.
JUSTIN
TJA, DR. GEIST ... DER WOLLTE NIE MIT JEMANDEM REDEN, WAR IMMER AM SCHREIBEN.
ER SCHRIEB TAG UND NACHT, OHNE PAUSE. MANCHMAL HAT ER NICH MAL GESCHLAFEN.
ER SAGTE, ER WÜRDE IM NAMEN EINES TOTEN SCHREIBEN, EINES *GEISTES*.
ER WAR 'N DOKTOR, ALSO WURDE DAS SEIN NAME ...
WISSEN SIE, WAS ER GESCHRIEBEN HAT?

NEE, ABER EIN JUNGE HAT IHN BESUCHT, DER SEHR DARAN INTERESSIERT WAR.
WAS HAT ER ÜBER DEN JUNGEN GESAGT?

MR. MACRAE?

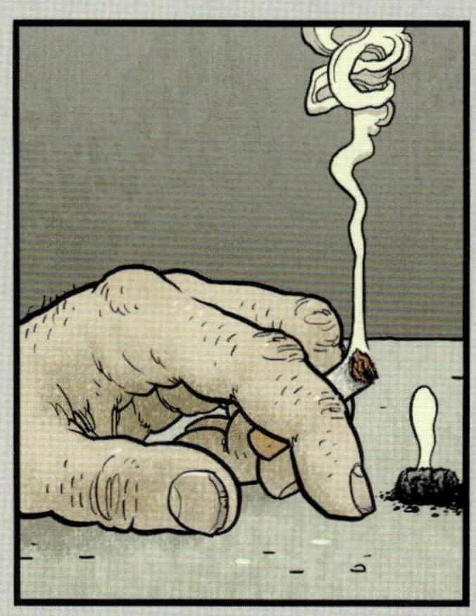

ZEIT IST LEIDER UM.
BEIM NÄCHSTEN MAL MEHR ZIGARETTEN.

BESUCHER
Dwayne, Raphael
Dwayne, Chester
Eachstar, Ezra T.
Ebanez, Clovis
Eblin, Othis
Ebner, Franz
Ebson, Denis
Ebworth, Joseph B.
Eckhart, Bruno
Ecleman, Travis O.
Edward, Bradley

442-34 Charles Quinton
Charles Quinton
Haftanstalt Gotham State
Besucherliste
84 - 52 Charles Quinton
101 - 76 Charles Quinton
799 - 89 Charles Quinton
448 - 01
Haftanstalt Gotham State
Besucherliste

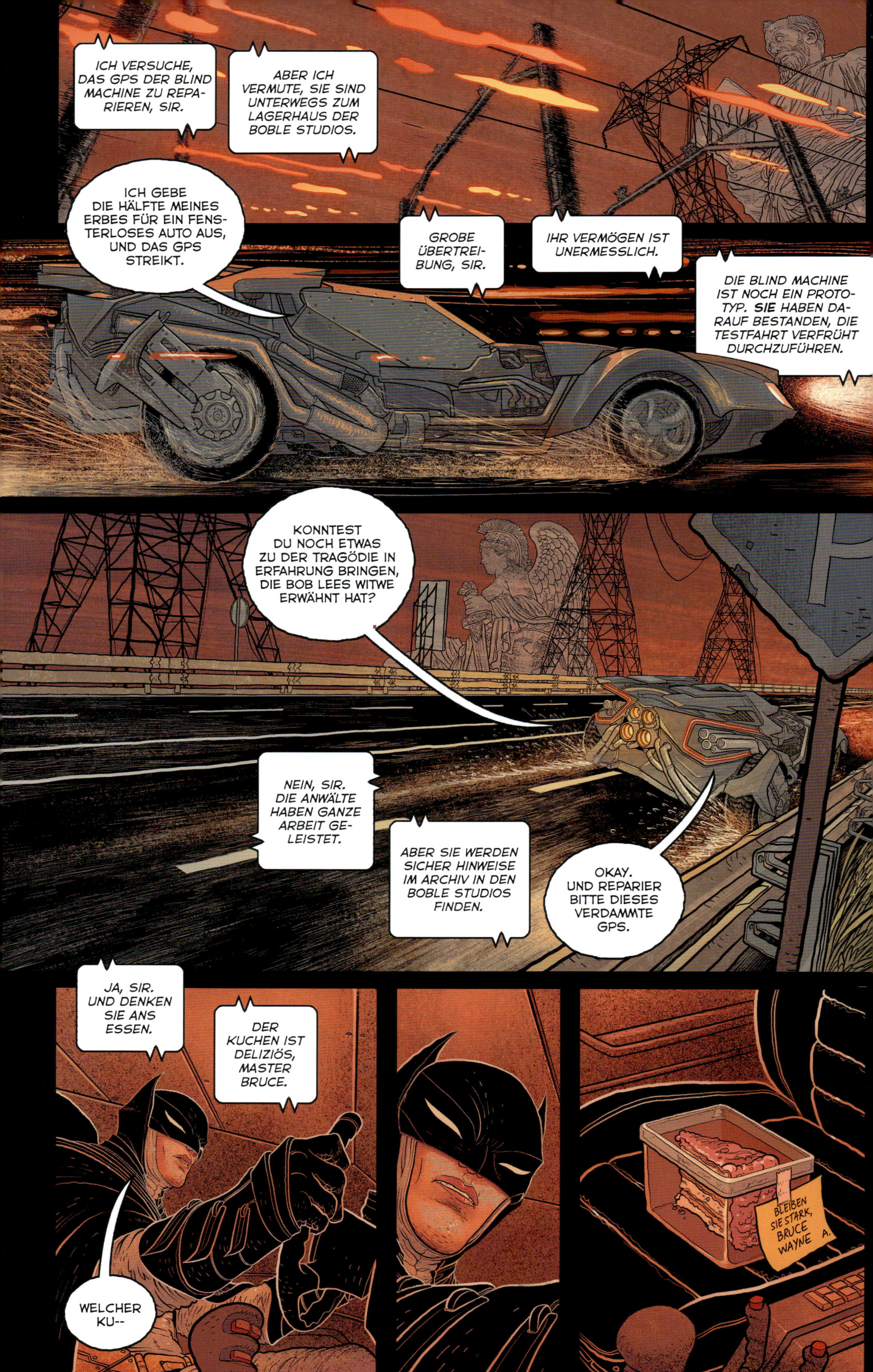

ICH VERSUCHE, DAS GPS DER BLIND MACHINE ZU REPARIEREN, SIR.
ABER ICH VERMUTE, SIE SIND UNTERWEGS ZUM LAGERHAUS DER BOBLE STUDIOS.
ICH GEBE DIE HÄLFTE MEINES ERBES FÜR EIN FENSTERLOSES AUTO AUS, UND DAS GPS STREIKT.
GROBE ÜBERTREIBUNG, SIR.
IHR VERMÖGEN IST UNERMESSLICH.
DIE BLIND MACHINE IST NOCH EIN PROTOTYP. **SIE** HABEN DARAUF BESTANDEN, DIE TESTFAHRT VERFRÜHT DURCHZUFÜHREN.
KONNTEST DU NOCH ETWAS ZU DER TRAGÖDIE IN ERFAHRUNG BRINGEN, DIE BOB LEES WITWE ERWÄHNT HAT?
NEIN, SIR. DIE ANWÄLTE HABEN GANZE ARBEIT GELEISTET.
ABER SIE WERDEN SICHER HINWEISE IM ARCHIV IN DEN BOBLE STUDIOS FINDEN.
OKAY. UND REPARIER BITTE DIESES VERDAMMTE GPS.
JA, SIR. UND DENKEN SIE ANS ESSEN.
DER KUCHEN IST DELIZIÖS, MASTER BRUCE.
WELCHER KU--
BLEIBEN SIE STARK, BRUCE WAYNE A.

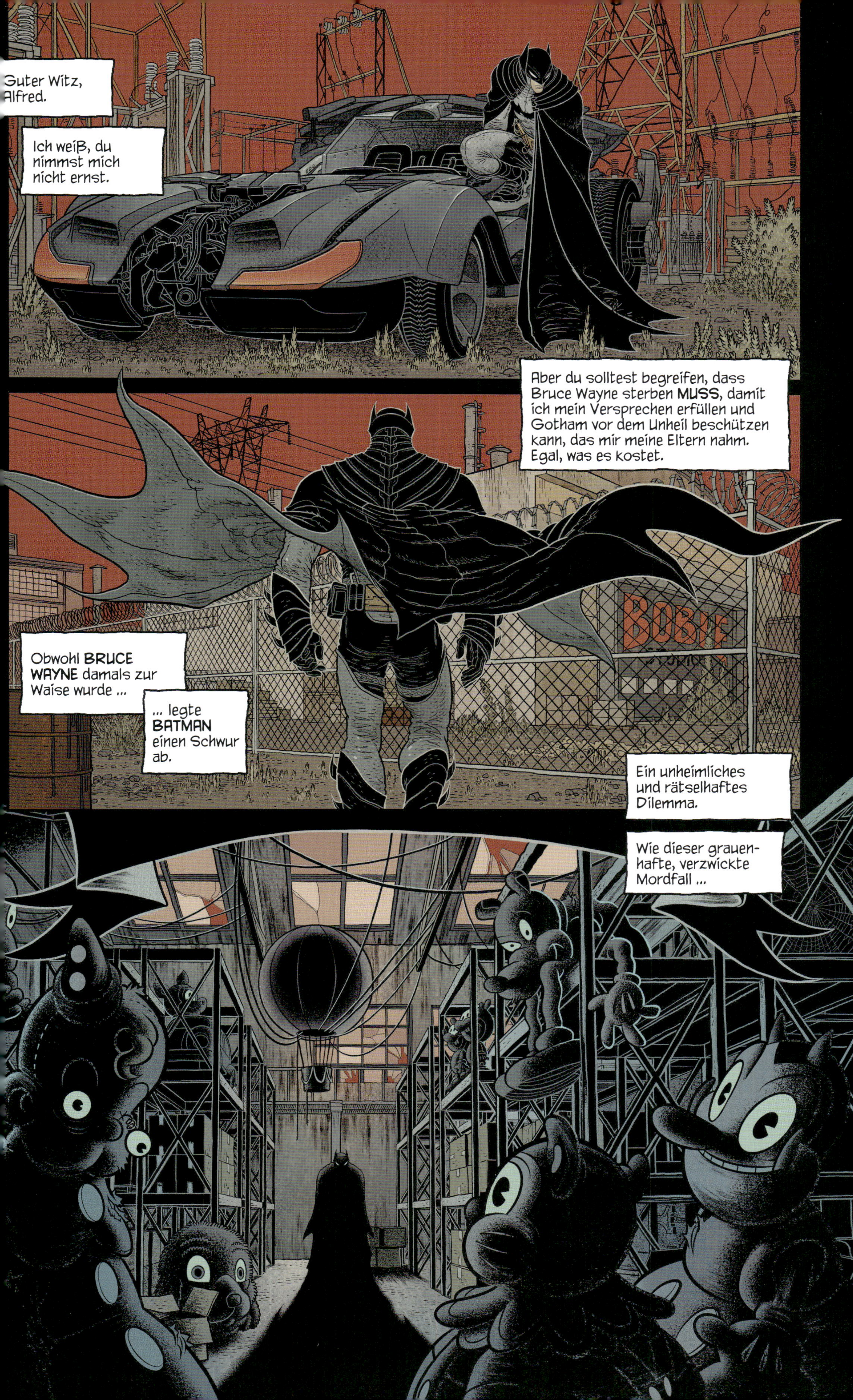
Guter Witz, Alfred.
Ich weiß, du nimmst mich nicht ernst.
Aber du solltest begreifen, dass Bruce Wayne sterben MUSS, damit ich mein Versprechen erfüllen und Gotham vor dem Unheil beschützen kann, das mir meine Eltern nahm. Egal, was es kostet.
BOBFE
Obwohl BRUCE WAYNE damals zur Waise wurde ...
... legte BATMAN einen Schwur ab.
Ein unheimliches und rätselhaftes Dilemma.
Wie dieser grauenhafte, verzwickte Mordfall ...

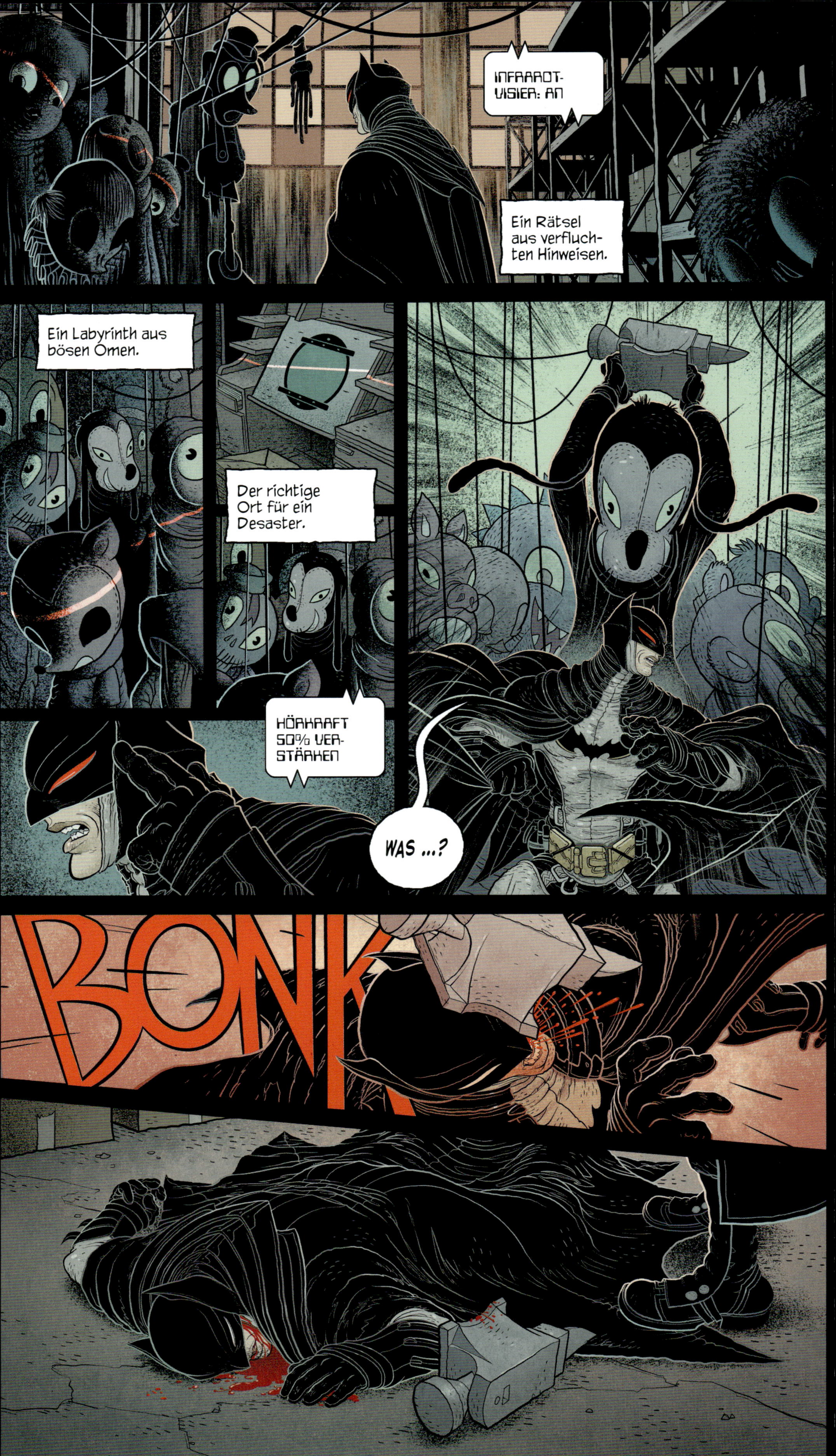
INFRAROT-
VISIER: AN
Ein Rätsel aus verfluchten Hinweisen.
Ein Labyrinth aus bösen Omen.
Der richtige Ort für ein Desaster.
HÖRKRAFT 50% VERSTÄRKEN
WAS ...?
BONK

SIE DA! SIE DÜRFEN SICH HIER NICHT AUFHALTEN!
HÄNDE HOCH, LOS!
HEY, ZURÜCK, ODER ICH WERD SCHIESSEN!
HALT!

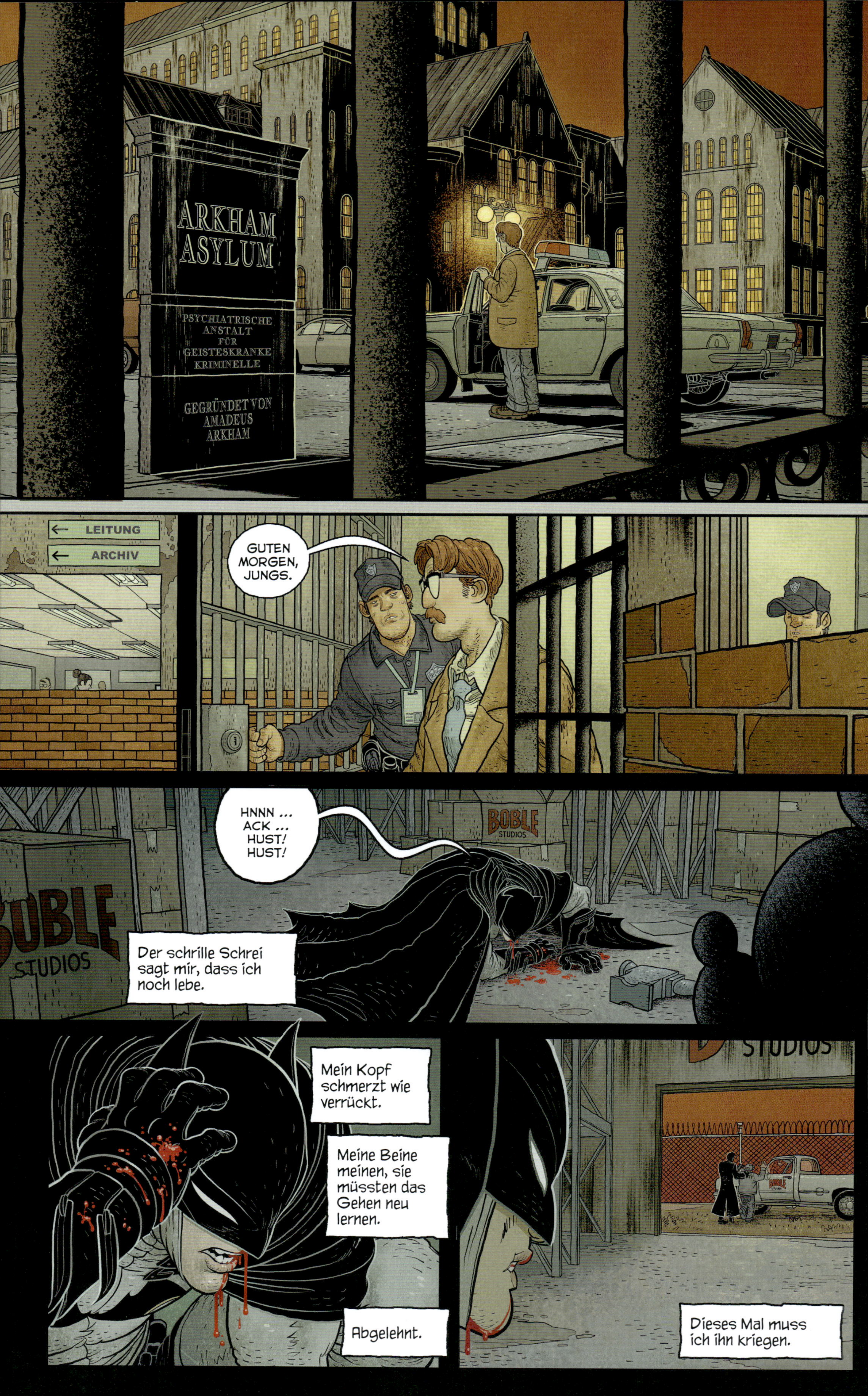
ARKHAM ASYLUM
PSYCHIATRISCHE ANSTALT FÜR GEISTESKRANKE KRIMINELLE
GEGRÜNDET VON AMADEUS ARKHAM
LEITUNG
ARCHIV
GUTEN MORGEN, JUNGS.
HNNN ... ACK ... HUST! HUST!
BOBLE STUDIOS
Der schrille Schrei sagt mir, dass ich noch lebe.
Mein Kopf schmerzt wie verrückt.
Meine Beine meinen, sie müssten das Gehen neu lernen.
Abgelehnt.
STUDIOS
Dieses Mal muss ich ihn kriegen.

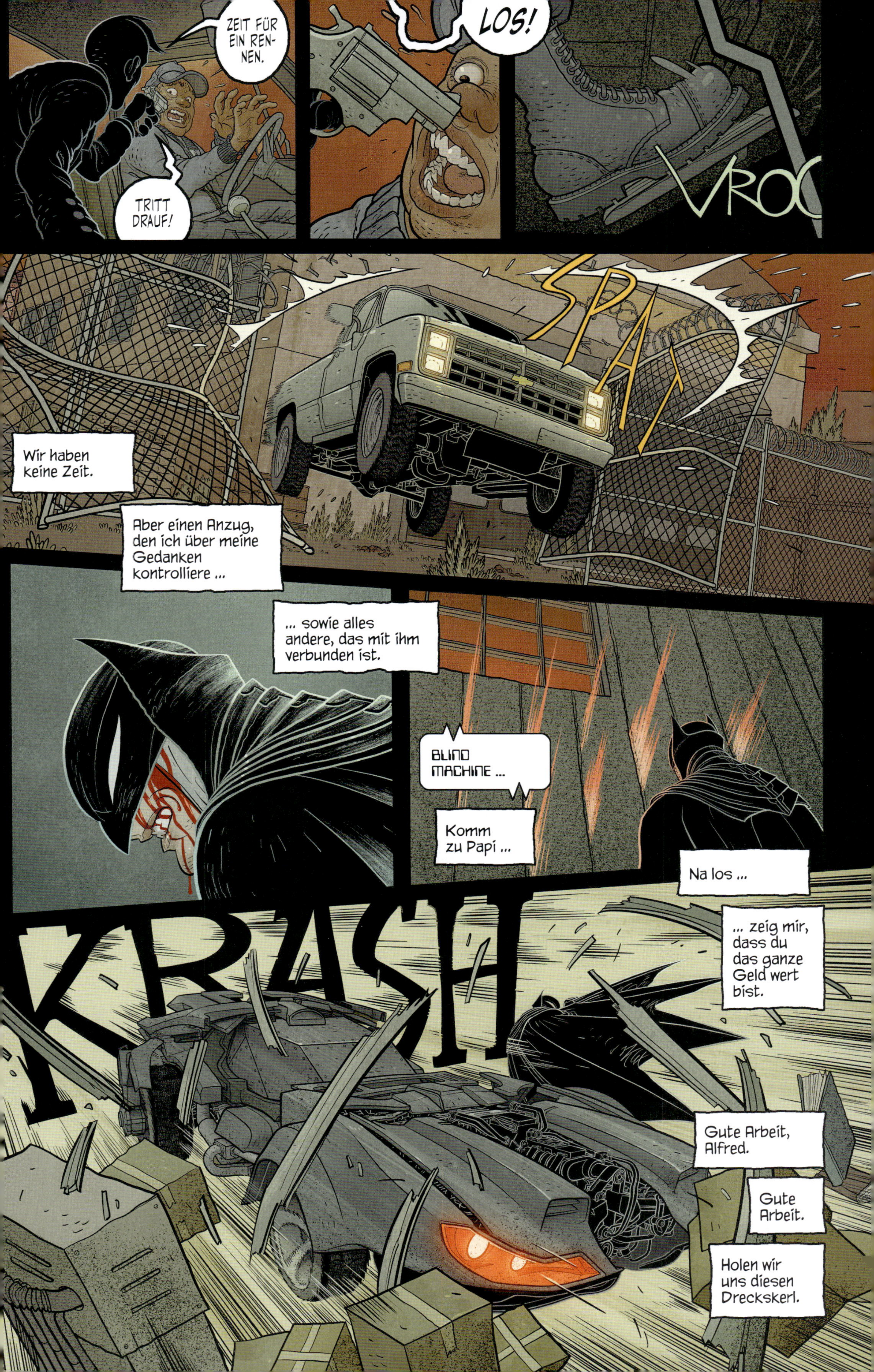
ZEIT FÜR EIN RENNEN.
TRITT DRAUF!
LOS!
VROO
SPAT
Wir haben keine Zeit.
Aber einen Anzug, den ich über meine Gedanken kontrolliere ...
... sowie alles andere, das mit ihm verbunden ist.
BLIND MACHINE ...
Komm zu Papi ...
Na los ...
... zeig mir, dass du das ganze Geld wert bist.
KRASH
Gute Arbeit, Alfred.
Gute Arbeit.
Holen wir uns diesen Dreckskerl.

SIR, IST ALLES IN ORDNUNG?
ICH HABE DEN KONTAKT ZUM ANZUG VERLOREN.
JA, ALLES OKAY.
SORG FÜR EINE OPTIMIERUNG ALLER BLIND MACHINE-FUNKTIONEN.
ICH PRÜFE DIE MIKROKAMERAS AN DER AUTOKAROSSERIE UND DEREN VERBINDUNG ZU IHREN MASKENSENSOREN.
KLAPPT BESTENS.
ICH HAB IN DIESEM SARG EINE 360 GRAD-ANSICHT DER UMGEBUNG.
DIE FAHRZELLE IST AUS UNDURCHDRINGLICHEM METALL, DAMIT SIE **NICHT** IN EINEM SARG ENDEN, SIR.
JA, ICH WEISS. EINE PRIMA IDEE, ALFRED.
FAHRTWEG DES TRUCKS AUF MEINE SYSTEME SPEISEN.
FAHRTWEG WIRD VERFOLGT, SIR.
SIE KÖNNEN JETZT BEI BEDARF DEN SONAR-AUTOPILOTEN NUTZEN, SIR.
NOCH NICHT.
ICH MUSS DIESEN MISTKERL ALLEIN SCHNAPPEN.
ICH WILL DICH SPRINGEN SEHEN.
WAS ...? NEIN, WIE SOLL ...!
CLICK!
KÖNNTE DEIN LEBEN RETTEN.

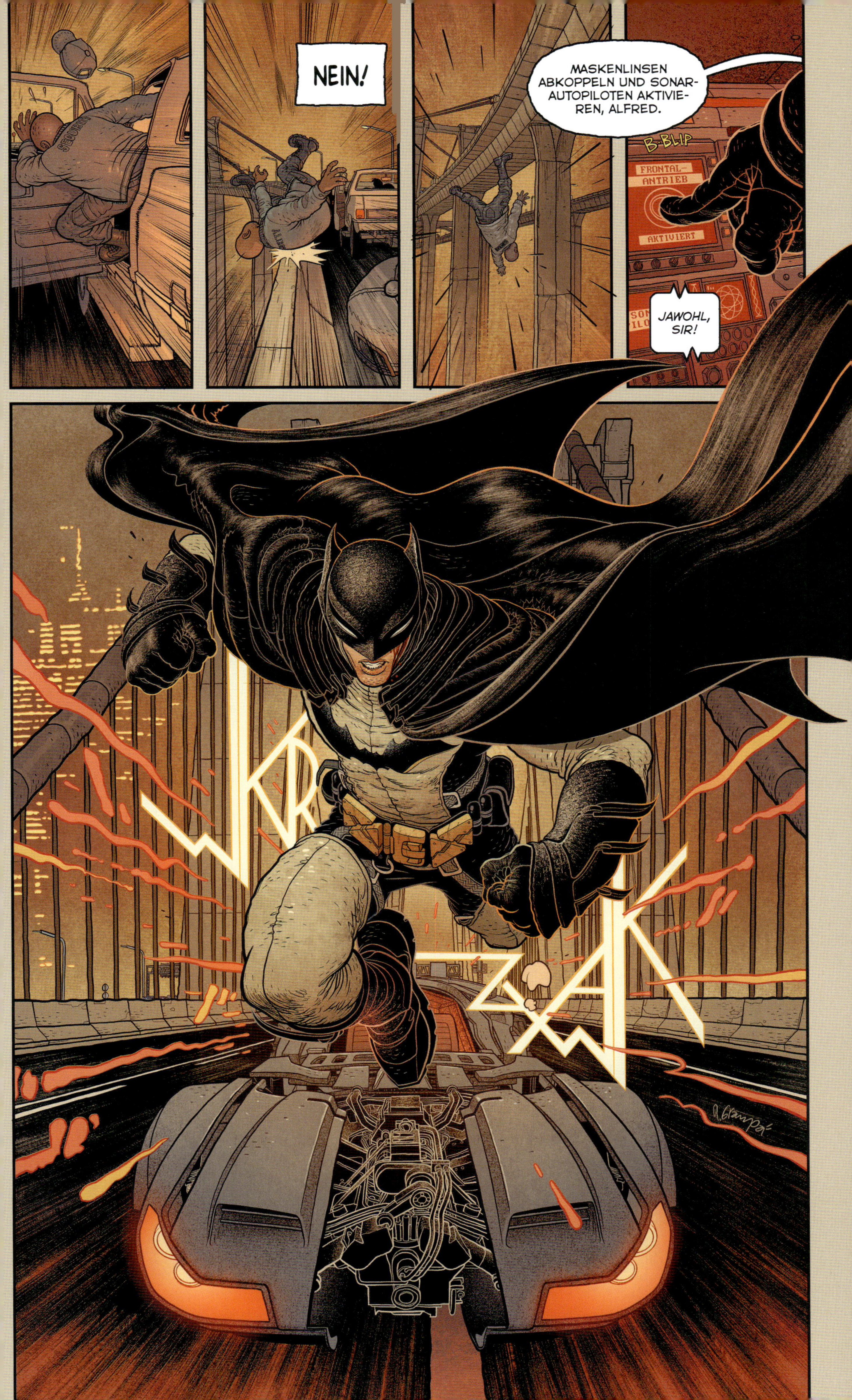
NEIN!
MASKENLINSEN ABKOPPELN UND SONAR-AUTOPILOTEN AKTIVIEREN, ALFRED.
B-BLIP
FRONTAL-ANTRIEB
AKTIVIERT
JAWOHL, SIR!
KR
ZAK

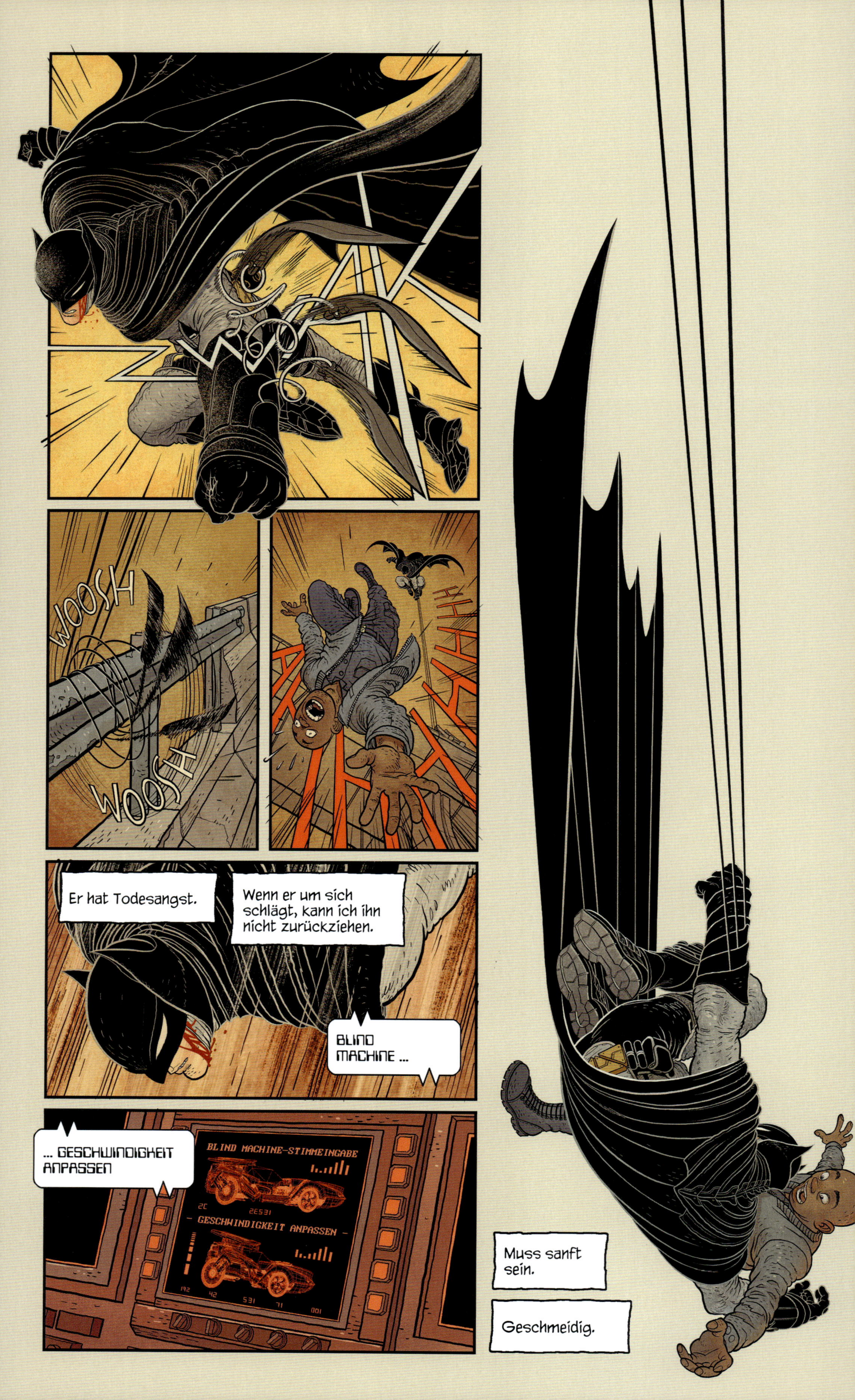
WOOSH
WOOSH
AAAHHHHH
Er hat Todesangst.
Wenn er um sich schlägt, kann ich ihn nicht zurückziehen.
BLIND MACHINE ...
... GESCHWINDIGKEIT ANPASSEN
BLIND MACHINE-STIMMEINGABE
- GESCHWINDIGKEIT ANPASSEN -
Muss sanft sein.
Geschmeidig.

Er kooperiert. Ich kugle mir trotzdem die Schulter aus.
Ich muss meinen Arm in dieser Position hal- ten, um ihn nicht noch mehr zu schädigen.
Ich höre von hier aus das mecha- nische Rattern des Getriebes der Blind Machine.
Wusste nicht, dass der Prototyp für diese Trans- formation bereits ausgerüstet war.
Aber das Dröhnen der Motoren ent- fernt sich schnell.
Hol ihn dir, Machine!
Ich komme.

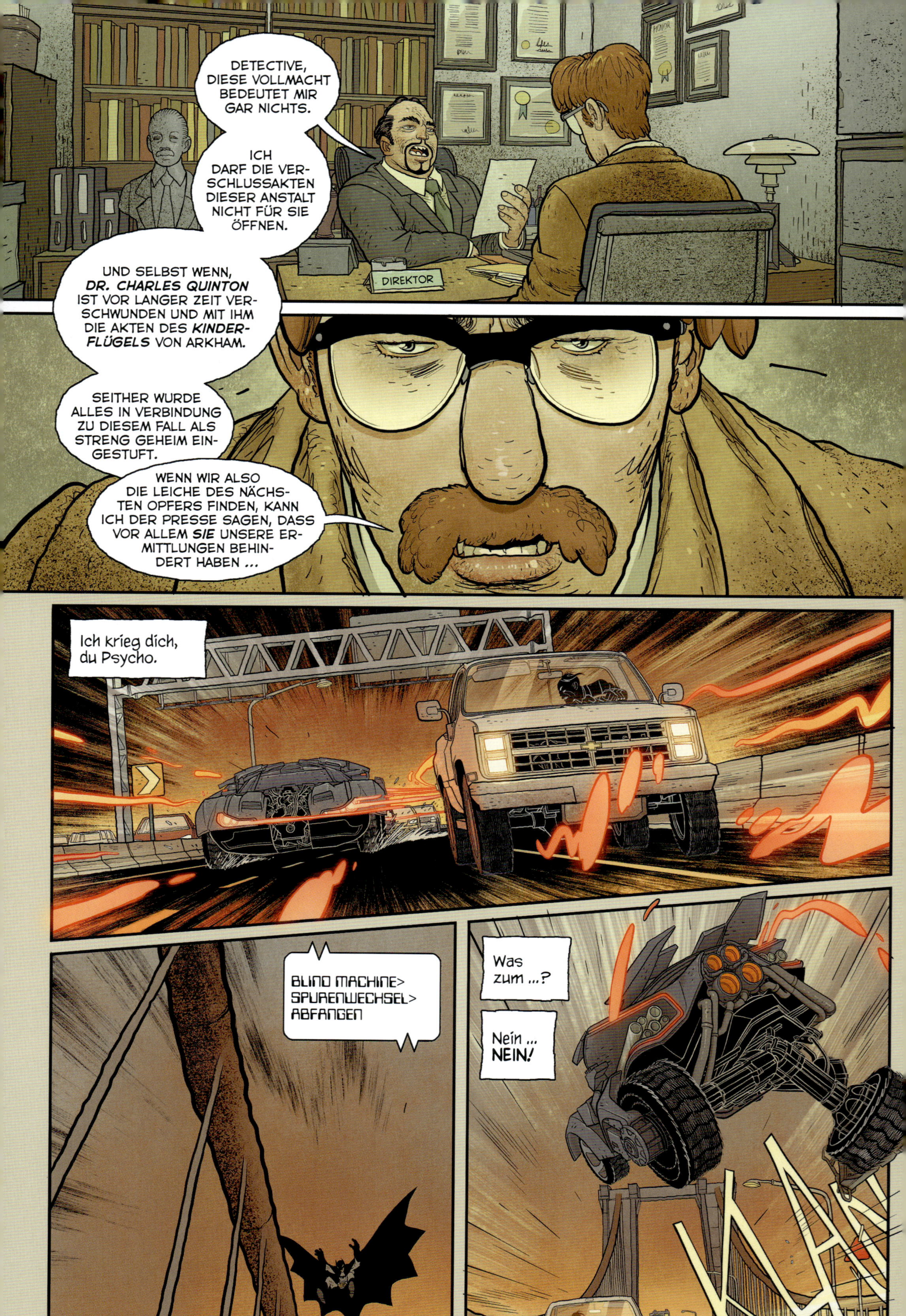
DETECTIVE, DIESE VOLLMACHT BEDEUTET MIR GAR NICHTS.
ICH DARF DIE VERSCHLUSSAKTEN DIESER ANSTALT NICHT FÜR SIE ÖFFNEN.
DIREKTOR
UND SELBST WENN, DR. CHARLES QUINTON IST VOR LANGER ZEIT VERSCHWUNDEN UND MIT IHM DIE AKTEN DES KINDERFLÜGELS VON ARKHAM.
SEITHER WURDE ALLES IN VERBINDUNG ZU DIESEM FALL ALS STRENG GEHEIM EINGESTUFT.
WENN WIR ALSO DIE LEICHE DES NÄCHSTEN OPFERS FINDEN, KANN ICH DER PRESSE SAGEN, DASS VOR ALLEM SIE UNSERE ERMITTLUNGEN BEHINDERT HABEN ...
Ich krieg dich, du Psycho.
BLIND MACHINE> SPURENWECHSEL> ABFANGEN
Was zum ...?
Nein ... NEIN!

OH MEIN GOTT, OH MEIN GOTT!
MISTER ... MISTER!
MEINE GÜTE, IST DER TOT ...?

Ich hätte ihn fast getötet.
Und um es zu verhindern, habe ich das Leben eines weiteren Unschuldigen gefährdet.
Das darf nie wieder geschehen.
ZIEH AB! GEH!
ODER ICH BLAS IHR DAS HIRN WEG!

TAK

TOK

LASS SIE LOS.

BAK

ALSO GUT.
IHR IN DEN KOPF ZU BALLERN, WAR OHNEHIN NICHT SEHR KREATIV.

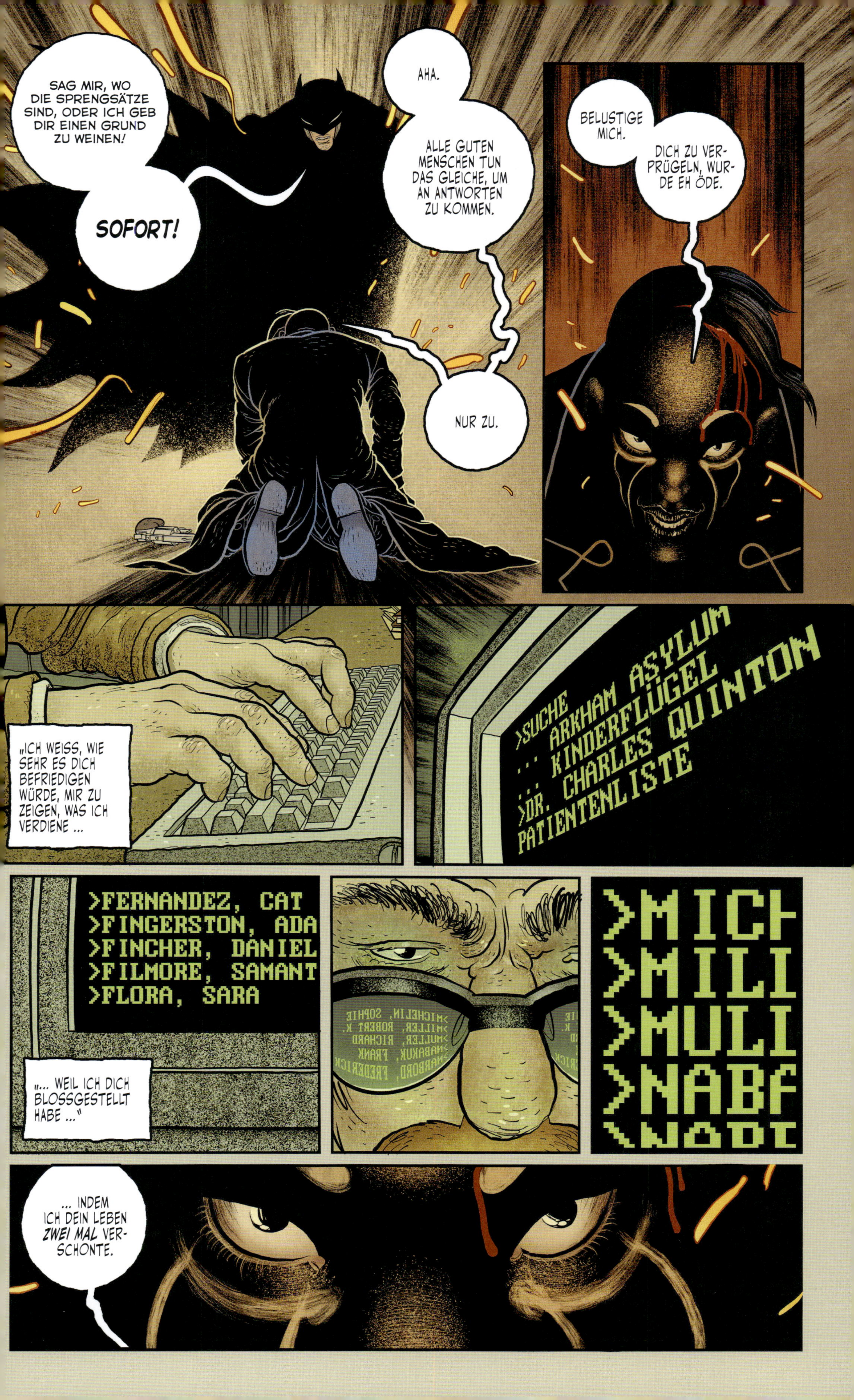

SAG MIR, WO DIE SPRENGSÄTZE SIND, ODER ICH GEB DIR EINEN GRUND ZU WEINEN!

SOFORT!

AHA.

ALLE GUTEN MENSCHEN TUN DAS GLEICHE, UM AN ANTWORTEN ZU KOMMEN.

NUR ZU.

BELUSTIGE MICH.

DICH ZU VERPRÜGELN, WURDE EH ÖDE.

„ICH WEISS, WIE SEHR ES DICH BEFRIEDIGEN WÜRDE, MIR ZU ZEIGEN, WAS ICH VERDIENE ...

>SUCHE
... ARKHAM ASYLUM
... KINDERFLÜGEL
>DR. CHARLES QUINTON
PATIENTENLISTE

>FERNANDEZ, CAT
>FINGERSTON, ADA
>FINCHER, DANIEL
>FILMORE, SAMANT
>FLORA, SARA

„... WEIL ICH DICH BLOSSGESTELLT HABE ...“

Es stimmt. Wir beide wissen es.
DU HAST ZWEI MAL VERSAGT.
Ich leugne es.
BEGREIFST DU NICHT, DASS DU MICH NICHT TÖTEN KANNST?
WO SIND DIE SPRENGSÄTZE?
„ICH SEHE EIN KIND."
ES SPIELT UND JAGT SEINEN SCHATTEN.
DOCH WER DEN EIGENEN SCHATTEN JAGT …
>WALKER, KEN
>WAYNE, BRUC
>WEBER, KAR
„… DER LANDET IM ABGRUND."
FORTSETZUNG FOLGT!

BATMAN: GARGOYLE OF GOTHAM 1
Variant-Cover von JIM LEE

BATMAN: GARGOYLE OF GOTHAM 1
Variant-Cover von PAUL POPE

BATMAN: GARGOYLE OF GOTHAM 1
Variant-Cover von PRISCILLA PETRAITES

# DAS KREATIV-TEAM

**RAFAEL GRAMPÁ** ist ein brasilianischer Ausnahmekünstler, Comic-Macher, Art Director und Filmregisseur. Schon im Alter von vierzehn Jahren verwirklichte der 1978 geborene Grampá seine Designs und seine Kunst in Form von Flaggen, T-Shirts, Logos und anderem. Nach dem Jahrtausendwechsel wurde er Art Director des südbrasilianischen Fernsehsenders RBS TV. Anschließend zog er nach São Paulo und arbeitete dort als Konzeptkünstler, Projektleiter und Regisseur im Animationsbereich. 2007 veröffentlichte Grampá zusammen mit Becky Cloonan, Gabriel Bá, Fábio Moon und Vasilis Lolos in Eigenregie die Comic-Anthologie *5*, die später mit dem Eisner Award ausgezeichnet wurde, dem wichtigsten Preis der amerikanischen bzw. englischsprachigen Comic-Szene. Ein Jahr später folgte Grampás eigene erste Graphic Novel *Mesmo Delivery*, die wiederum mit zwei HQ Mix Awards bedacht wurde. Danach zeichnete der Brasilianer für die US-Verlage zahlreiche Cover, nicht zuletzt für Keanu Reeves' Comic-Sensation *BRZRKR*. Doch Grampá gestaltete auch einige Panel-Kurzgeschichten, etwa für die Jubiläumsnummer HELLBLAZER 250 um den Okkultisten John Constantine, die legendäre Anthologie-Reihe BATMAN: SCHWARZ UND WEISS oder eine Wolverine-Story für das auf außergewöhnliche Künstler zugeschnittene Marvel-Format *Strange Tales*. 2020 tat sich Grampá dann mit Comic-Legende und Batman-Erneuerer Frank Miller zusammen, um im Album BATMAN: DAS GOLDENE KIND eine neue Geschichte über die düstere Zukunft von Millers Meilenstein BATMAN: DIE RÜCKKEHR DES DUNKLEN RITTERS zu inszenieren – Miller schrieb den satirischen Comic-Knaller um die Erben von Superman, Wonder Woman und Batman, und Grampá zeichnete deren Kampf gegen den Joker, Darkseid und den Zeitgeist. Als Regisseur verwirklichte Grampá unterdessen vor einigen Jahren den Animationsfilm *Dark Noir* und den Live-Action-Streifen *Romeo Reboot*.

**MATHEUS LOPES** lebt in São Paulo und ist seit 2012 als Comic-Kolorist aktiv. In seinem farbenfrohen Portfolio finden sich allerhand Titel für die US-amerikanischen Verlage, darunter SHAZAM!, WONDER WOMAN, SUPERGIRL: DIE FRAU VON MORGEN, THE DREAMING: WAKING HOURS aus dem SANDMAN-Universum nach Neil Gaiman, THE LAST GOD, *Ka-Zar: Lord of the Savage Land* und unabhängige Titel wie *Briar* und *Step By Bloody Step* sowie Robert „The Walking Dead" Kirkmans neue Serie *Void Rivals*.